JINGJIA MINGPIAN
JINGDIAN YUEDU

# 爱的童话

名家名篇经典阅读

《开学第一课》编写组 编

时代文艺出版社

图书在版编目（CIP）数据

爱的童话/《开学第一课》编写组编. —2版. —长春：时代文艺出版社，2016.1
（开学第一课）
ISBN 978-7-5387-4960-1

Ⅰ.①爱… Ⅱ.①开… Ⅲ.①世界文学—作品综合集 Ⅳ.①I11

中国版本图书馆CIP数据核字（2015）第264791号

出 品 人 陈 琛
产品总监 郭力家
责任编辑 付 娜
助理编辑 佟冰融
装帧设计 孙 利
排版制作 尹 爽

# 爱的童话

《开学第一课》编写组 编

出版发行 / 时代文艺出版社
地址 / 长春市泰来街1825号 时代文艺出版社 邮编 / 130011
总编办 / 0431-86012927 发行部 / 0431-86012957 北京开发部 / 010-63108163
网址 / www.shidaicn.com
印刷 / 北京天正元印务有限公司
开本 / 710mm×1000mm 1 / 16 字数 / 178千字 印张 / 12
版次 / 2016年1月第2版 印次 / 2017年10月第2次印刷 定价 / 29.90元

# 目 录
## CONTENTS

# 寻 梦

## 巴 金

我失去一个梦，半夜里我披衣起来四处找寻。

天昏昏，道路泥泞，我不知道应该走向什么地方。

前面是茫茫一片白雾，无边无际，我看不见路，也找不到脚迹。

后面也是茫茫一片白雾，雪似的埋葬了一切，我见不到一个人影。

没有路。那么，梦会逃到什么地方去？

我仍然往前面走。我小心下着脚步，我担心会失脚跌进沟里。

我走到一家小店门前。柜台上一盏油灯，后面坐着一个白发老人。我向他打个招呼，问他是否见到我遗失的东西。

"你找寻什么，年轻人？"

"我找寻一个梦。"

"梦？我这里多得很，"老人咧嘴笑起来，"我这里有的是梦，却不知道你要的是哪一种？""我失去的是一个能飞的梦。"

"我不知梦能飞不能飞，不过你看它们五颜六色，光彩夺目。你可以从里面挑选任何一个，并不要付多大的代价。"他给我打开了橱窗。

无数的梦商品似的摆在那里。的确是各种各类的梦：有的样子威严，有的颜色艳丽，有的笑得叫人心醉，有的形状凄惨使人同情。这里面却没有一个能飞的梦。

我失望地摇头，我找不到我失去的东西。

"随便挑一个拿去吧，难道里面就没有一个你中意的？"老人殷勤地问。

"没有。我只找寻我失去的那一个。别的我全不要！"

"但是茫茫天地间，你往哪里去找寻你那个梦？年轻人，我应该给你一个忠告，失去的梦是找不回来的。"

"我一定要找！从我身边失去的东西，我一定要找回来！"

"傻瓜，为什么这样固执？"老人哂笑道，"多少人追寻过失去的梦，你可曾见到什么人把梦追了回来？听我的话，转回去好好地睡觉。"

我却继续往前走。

雾渐渐变为稀薄，我看见江水横在我的面前。

我踌躇起来，没有舟楫，我怎么能到达彼岸？

忽然一只小木船靠近岸边，一个十七八岁的少年撑着篙竿高呼："过渡"。

我立刻跳到船中，连声催促船夫火速前进。

"老先生，为什么这样着急？半夜里还有什么要紧事情？"

这个少年怎么称我为"老先生"？刚才在小店里，我还被唤作"年轻人"，难道在这么短的时间里我会增加了许多年纪？

我没有工夫同他争论，我只问他："喂，你有没有见到我那个失去的梦，那个能飞的梦？"

少年不在意地回答："我在这里见到的梦太多了，不知道哪一个是你的？若说能飞，它们都是从这江上飞过去的，没有一个梦会半路落在江里。"

"我那个梦特别亮，比什么都亮。"

"除了星星，我没有见到更亮的东西。那么你的梦并没有飞过这里，因为我见到的全是无光的影子。"

"你能不能告诉我它飞往什么地方？"

"我不能。不过我知道它一定不在对岸，我劝你不要过去。"

"我一定要过去。请你把我快送过去，我愿出任何的代价。"

少年把我送到了对岸。

没有雾，天落着小雨。我走的全是滑脚的泥路。我好几次跌倒在途中，又默默地爬起来，揉着伤，然后更小心地前进。

一座高山立在我面前。没有土，没有树，这是一座不可攀登的石山。

"难道我应该空手转身回去？"我迟疑起来。

"不能，不能！"我听见了自己的心声。

"年轻人不能走回头路。"我的心这样说。

我鼓起勇气攀登岩石，一个继续一个，直到我两手出血、两脚肿痛、两腿发软，我还在往上爬行。

我几次失掉勇气，又恢复决心；几次停止，又继续上升；几次几乎跌落，又连忙抓紧岩石的边沿。最后，我像一个病人，一个乞丐，拖着疲倦的身子和破烂的衣服立在山顶。我仍然看不到我那个失去的梦。

上面是一望无垠的青天，下面是一片云海、雾海。在这么大的空间里，只有一只苍鹰在我的头顶上盘旋。

我的眼光跟着鹰翼在空中打转。我羡慕它能够那么自由自在地在无边的天海里上下飞翔。它一会儿飞得高高的，变成了一个黑点；一会儿又突然凌空下降，飞得那么低，两只翅膀正掠过我的头。我看见它那只锋利的尖嘴张开，发出一声嘲笑似的长啸。

它一定在笑我立在山顶束手无策，也许就是它攫去了我的梦。所以它第二次掠过我的头上，我愤然伸出手去捉它的脚爪。我捉住了鹰，但是一个筋斗把我从山顶跌下去了……

我睁开眼，我还是在自己的家里。原来我又失去了一个梦。

# 一个星期一的早晨

## 三 毛

当我开始爬树时，太阳并没有照耀得那么凶猛，整个树林是新鲜而又清凉的，刚一进来的时候几乎使我忘了这已是接近夏天的一个早晨了。阳光透过树上的叶子照在我脸上，我觉得睁不开眼睛，便换了一个姿势躲开太阳。

这时的帕柯正在我躺着的树干下，她坐在一大堆枯叶上，旁边放着她那漂亮的粗麻编的大手袋，脚旁散着几张报纸。这是帕柯的老习惯，无论到哪儿，总有几张当天的或过时的报纸跟着她，而帕柯时常有意无意地翻动着，一方面又不经意地摆出一副异乡人的无聊样子来。现在我伏在树上看着她，她就怪快乐的样子，又伸手去翻起报纸来。

我在树上可以看见那河，那是一条冲得怪急的小河，一块块的卵石被水冲得又清洁又光滑，去年这个时候，我总喜欢跟帕柯在石头上跨来跨去。小河在纱帽山跟学校交接的那个山谷里流着。我渡水时老是又叫又喊的，总幻想着纱帽山的蛇全在河里，而帕柯从不怕蛇，也从不喊叫，她每到河边总将书一放，就一声不响地涉到对岸的大相思树下去。太阳照耀着整个河床，我们累了就会躺在大石上晒一下，再收拾东西一块走公路去吃冰，然后等车回家。有时辛堤和奥肯也会一块儿去，但我看得出，只有帕柯和我是真正快快乐乐地在水里走来走去。这样的情形并没有很多次，后来帕柯要预备转学考试，就停掉了这种放学后的回家方式。

辛堤今天破例想自己去涉起水来，他在带着土黄色的卵石上走着，肩上还背了照相机。天很热，辛堤的白衬衫外面却套了一件今年流行的男孩背心，那种格子的花样显得古怪而轻浮。我看看帕柯，她也正在看下面的河，于是我就对辛堤嚷起来。

"辛堤，不要那样子走来走去了，你不是还有一堂课，快回去上，我跟帕柯在这儿等你。"

"卡诺，不要催我吧，如今的帕柯已不是从前每天来上学的她了，让我留在这儿，明早帕柯就再不会来了。"辛堤仰着头朝我喊着，这时候阳光照在他单纯的脸上，显得他气色很好，水花在他脚边溅起，在阳光里亮得像透明的碎钻石，我看着这情景就异常得欢悦起来。

帕柯在树下走来走去，一会儿她走过来，用手绕着我躺着的树干，摇晃着身体，一面又仰头在看树顶的天空。"卡诺，离开这儿已经一年多了，今早我坐车上山觉得什么都没有变过，连心情都是一样的，要不是辛堤这会儿背着我的相机，我真会觉得我们正是下课了，来这林子玩儿的，我没有离开过。"

"柏柯，你早就离开了，你离去已不止一年了，今早在车站见你时，我就知道你真的走了有好久了，要不然再见你时不会有那样令人惊异的欢悦。"

今天的帕柯穿得异常得好看，绸衬衫的领子很软地搭在颈上，裙子也系得好好的，还破例地用了皮带，一双咖啡色的凉鞋踏在枯叶上，看起来很调和，头发直直地披在肩上，又光滑又柔软。整个的帕柯给这普通的星期一早晨带来了假日的气息，我觉得反而不对劲起来。

"帕柯，你全身都不对劲，除了那几张报纸之外，你显得那么陌生。"

"卡诺，你这样说我似乎要笑起来，你知道吗，早晨我起来时就一直告诉自己，今天的我不是去新庄，今天是回华冈去，我就迷惑起来，觉得昨天才上山去过，那地方对我并不意味着什么，我去也不是去做什么，整个心境就是那样的，我不喜欢那种不在乎的样子，就让自己换了一件新衣服，好告诉自己，今天是不同的。卡诺，你看我，我这做作的人。""帕柯，不要在意那种没来由的心情吧，毕竟回来的快乐有时是并不明显的，也不要来这儿找你的过去，你没有吧，帕柯？"

"没有。卡诺，不是没有，我不知道。"

"不要再想这些，我们去叫辛堤起来。"

我从树上踩着低丫处的树枝下来，地上除了野生的凤尾草之外，便是一大片落叶和小枯树枝铺成的地，从去年入秋以来就没有人扫过这儿的叶子。树林之外有一条小径斜斜地通到那横跨小河的水泥桥上，然后过了桥，经过橘子园直通到学校的左方。我走到树边的斜坡上向下望着辛堤，他不在河里，辛堤已经拿着脱下来的背心，低着头经过那桥向我们的地方走来。

林外的太阳依旧照耀着，一阵并不凉爽的风吹过我和帕柯站的斜坡，野草全都摇晃起来。辛堤已经走上了那伸延得很陡的小径，我由上面望着他，由于阳光的关系，我甚至可以清楚地看见他绣在衬衫口袋上的小海马。此时的帕柯站在我身旁，一双手搁在我肩上，我们同时注视着坡下的辛堤，他仍低着头走着，丝毫没有察觉到我们在看他。四周的一切好似都突然寂寥起来，除了吹过的风之外没有一点儿声音，我们热切地注视着他向我们走近，此时，这一个本来没有意味着什么的动作，就被莫名其妙地蒙上了一层具有某种特殊意象的心境。辛堤那样在阳光下走近，就像带回来了往日在一起的时光，他将我们过去的日子放在肩上，走过桥，上坡，一步一步地向我们接近。

"帕柯，这光景就像以前，跟那时一模一样。帕柯，你看光线怎么样照射在他的头发上，去年没有逝去，我们也没再经过一年，就像我们刚刚涉水上来，正在等着辛堤一样。""是的，卡诺，只要我们记得，没有一件事情会真正地过去。"

"帕柯，有时觉得你走了，有时又觉得你不过是请假，你还会来的。"

"我不知道，卡诺，我没有认真想过。"

辛堤走到尚差林子几步时，就很快地将肩上的背心一丢，口中嚷着热，走到树荫下便将身子像鸟儿似的扑到地上去。他自己并不知道，刚才他那样上坡时，带给了我们如何巨大的一种对过去时光的缅怀。

"热坏了，卡诺，你带了咖啡没有？"

"辛堤，你忘了，我中午留在学校才带咖啡的，今天是陪帕柯，整天没课。帕柯，你几点想回去？"

"不知道，不管，累了就回去。你走过来，辛堤不要懒了，替我们拍照吧。”

辛堤靠在那棵杨桐树的树根上，将背心罩着相机，开始装起软片来，我枕着帕柯的麻布手袋仰面躺着，而帕柯正满面无聊地在嚼一根酢浆草。我转一个身想看看河，但我是躺着的，看不见什么，只有树梢的阳光照射在帕柯的裙上，跳动着一个个圆圆的斑点。

我们从上山到现在已快三个钟点了，我觉得异常的疲倦。树林很凉爽，相思树开满黄花，风一吹香气便飘下来，我躺着就想睡过去了。小河的水仍在潺潺地流着，远处有汽车正在经过公路。

“卡诺，我在你书上写了新地址，这次搬到大直去了，你喜欢大直吗？”

“帕柯，你这不怕麻烦的家伙，这学期你已经搬了三次家了。”

“一切的感觉就是那样无助，好似哪儿都不是我该定下来的地方，就是暑假回乡时也是一样。故乡古老的屋宇和那终年飘着蔗糖味的街道都不再羁绊我了，这种心境不是一天中突然来的，三年前它就开始一点一滴地被累积下来，那时我觉得长大了。卡诺，我已没有自己的地方了。”“帕柯……”

“我喜欢用我的方式过自由自在的日子，虽然我自己也不确信我活得有多好。”

“我不喜欢城市，尤其是山下那个城，但我每天都回到那里去。帕柯，我是一个经不起流浪的人。”

“我不会，我每日放学就在街上游荡，我就跟他们一块儿吃小摊逛街直到夜深。”

那时我躺得不想起来，地上的湿气透过小草和枯叶慢慢地渗到背脊里去，我觉得两肩又隐约地发痛起来，就随手拉了一张报纸垫在身下，辛堤已装好软片向我们走来。“挪过来一点儿，卡诺，你脸上有树叶的影子，坐到帕柯左边去，你总不会就这样躺着拍照吧。”

“就让我躺着吧，毕竟怎么拍是不重要的。”

时间已近正午了，我渐渐对这些情景厌烦起来，很希望换个地方，我是个不喜欢拍照的人，觉得那是件做作的事情。“卡诺，你这不合作的朋友，帕柯一年都没来一次，你却不肯好好跟她一起拍些照片，卡诺——”

辛堤生起气来，一脸不高兴的样子，帕柯看见就笑了。"辛堤，好朋友，我们去吃冰吧，不要跟卡诺过不去，毕竟我们没有什么改变，何必硬把它搞得跟以往有什么不同呢。"

于是我们离开了树林，抱着许多书，穿过桥，上坡，再经过一个天主教堂就到大路了。从树林中走到正午的天空下总是不令人欢悦的，太阳被云层遮住，见不到具体的投射下来的光线，但放眼望去，在远处小山的上面，那照耀得令人眼花的天空正一望无际地展开着。大路上静静地停放着几辆车子，路旁的美洲菊盛开着火焰似的花朵，柏油路并没有被晒得很烫，但我走在上面，却因为传上来的那一点儿微热，使人从脚下涌起一股空乏的虚弱来。

到冰店的路并不很长，我们只需再经过一个旧木堆，绕过一家洗衣店和车站就到了，我们懒散地走着，有时踢踢石头，路上偶尔有相识的同学迎面走过。我们三人都没说话，经过木堆时，嗅到腐木的味道，一切就更真实起来了。

"我们干脆提早一点儿吃饭去，我想去那家小店。""又要多走四十几步路，帕柯，你最多事。"

小店的墙上贴了许多汽水广告和日历女郎的照片，另外又挂了许多开张时别人送的镜子。以前帕柯常常嘲笑这家土气的小店，今日却又想它了。

今天的学生不多，我们坐在靠街的一张桌子，一面等东西吃一面看着公路上来来往往的车辆。刚才的太阳晒得我头痛，我觉得该去照照镜子，仔细去看看自己的脸，于是我就挪过椅子，对着一面画有松鹤的镜子打量起自己来，真是满面疲乏的神色了。回身去看他们，帕柯正在喝茶，辛堤在另一桌与几个男同学谈话，样子怪有精神的，这时蛋花汤来了，他就坐回来吃得很起劲儿。帕柯拿起筷子在擦，动作慢慢的，脸上露出思索的表情，但她没说什么。

"卡诺，我们吃完了去阳明山，走小路去，底片还有好多呢。"辛堤吃着东西人就起劲儿了。

"我现在不知道。"

"我要去，现在下山没意思。"帕柯在一旁说。

太阳又出来了，见到阳光我的眼睛就更睁不开了，四周的一切显得那么地拉不住人，蓝色的公路局车一辆辆开过，我突然觉得异常疲倦，就极想回去了。

　　"我不管你们，吃完饭我要走了，帕柯，你跟辛堤去吧。""卡诺永远是一个玩不起的家伙，回去吧，我们先陪你去等车。"

　　我们站在候车亭的栏杆边上，四周有几个小孩儿在跑来跑去，车站后面的冰店在放着歌曲，那带着浪漫的拉丁情调的旋律在空气中飘来，四周的一切就突然被浸在这奇怪的伤感的调子里，放眼望去，学校的屋顶正在那山冈上被夏日的太阳照得闪闪发光。

　　帕柯在送我，就如以前那一阵接近放假时的日子一样，什么都没改变，心中一样也浮着些深深浅浅的快乐和忧伤。车来了，正午的阳光照着车顶和玻璃，我上车，望着留下来的帕柯和辛堤，他们正要离开。我问帕柯："帕柯，你什么时候再来？"

　　"不知道。再见，卡诺。"

　　车开了，沿途的橘树香味充满了整个空旷的车厢，一幢幢漂亮精致的别墅在窗外掠过，远处的山峦一层层绵亘到天边，淡水河那样熟悉地在远处流着，而我坐在靠右的窗口，知道我正在向山下驶去。

　　这是一个和帕柯在一起的星期一的早晨。

# 木偶戏子波勒

[德] 施笃姆

　　小时候，我的车工活儿做得很不赖，而且，在这上头花的工夫也许还多了一点儿，以致影响了我的学业。因为至少有一次，副校长在发还我那并非毫无错误的作业时，突然莫名其妙地问：我没准儿又是车了一颗缝衣机上的螺丝什么的，准备送给妹妹作为过生日的礼物吧。不过，在这件事上我还是得多于失。就由于学车工的缘故，我结识了一位不平凡的人。此人即是精车工兼机械师保罗·保罗森，他也是咱们城市的市民代表。不管看见我做什么，父亲都要求我做得像个样子。应他的请求，保罗·保罗森师傅便教会了我做我那些小玩意儿所必需的手艺。

　　保罗森知识广博，不仅是在他那个小小的行业中为人称道而已，对于手工业未来的发展他也具有远见，以致眼下在宣布又发现了什么新的科学真理的时候，我常常就突然想起："这不是你的老保罗森早在四十年前就说过了的吗？"

　　我很快就赢得了保罗森师傅的好感。除了规定的学习时间，我有时晚上去看他，他也非常高兴。随后我们就要么坐在作坊里，要么在夏天——须知我俩一直交往了好多年——就坐在他家小园子里那棵大菩提树下的长凳上。从我俩的谈话中，或者更确切地说从我这位大朋友对我讲的话中，我学到了许多东西，想到了许多东西。这些东西在生活中尽管如此重要，我后来甚至在高中课本中却也找不到一点儿踪迹。

　　论原籍保罗森是弗里斯兰人，他的面貌很好地体现出了这个部族的特点：在不甚稠密的金黄色头发底下，长着一个深思的额头和一双聪慧的蓝眼睛；由于父亲的遗传影响，他的口音仍带有一些故乡语言的柔美，就像跟歌声一般悦耳动听。

这位北国男子的妻子却肤色黝黑，娇小玲珑，说话也带着明显的南方口音。关于这个女人，我母亲总爱讲，她那对黑眼睛简直可以把湖水烧干，要知道她年轻的那会儿才叫美哩。莫看她如今头发里已经渗进了一些银丝，但当年的风韵却并未完全丧失。也许是出于年轻人爱美的天性吧，我很快就情不自禁地抓住一切机会，在某些细小的事情上为她效劳，以便赢取她的好感。

"瞧这个小家伙，"遇上这种情况她多半会对丈夫说，"你该不会吃醋吧，保罗？"

保罗听了微微一笑。然而，妻子的打趣话和丈夫的微笑，都清楚地表明他俩心照不宣，知道彼此是如何紧紧地心贴着心。

他们除了一个当时在外地的儿子，便没有别的小孩儿。也许部分地就由于这个原因，老两口才这么喜欢我吧，特别是保罗森太太，还一而再再而三地要我相信，我长得这个滑稽的小鼻头儿，和她的约瑟夫真是太像啦。我不想隐瞒，她还会做一种非常对我口味、但除她以外城里谁都不知怎么做的面食，并且也时不时地邀请我上她家吃饭去。这样，保罗森师傅家对我的吸引力就够大啦。我父亲呢，也乐于看见我跟这位好样儿的市民交往。"可注意别叫人家讨厌！"这就是他有时唯一想起提醒我的话。然而我相信，我的朋友从来也不觉得我去的次数太多，因而感到厌烦。

一天，城里一位老先生在我家做客，家里人于是把一件我新近车制的、的确相当成功的作品拿出来请他看。

当老先生表示赞赏的时候，我父亲便告诉他，我可是在保罗森师傅家里当学徒已差不多快一年了哩。

"哦，哦，"老先生应着，"在木偶戏子波勒家里！"

我从未听说过自己的朋友有这样一个绰号，就问它是什么意思，也不考虑这样做是否有些唐突。

可老先生只是狡黠地笑了笑，不肯做出任何解释。

紧接着的一个礼拜天，我被保罗森夫妇邀请去吃晚饭，共同庆祝他们的结婚纪念日。时值盛夏，我动身又很早，走到时女主人还在厨房里张罗

011

着，于是保罗森就领我走进花园，我俩一块儿坐在那棵大菩提树下的长凳子上。这时我又想起了"木偶戏子波勒"这个绰号，它在我脑子里不断闪现，弄得我几乎无法回答师傅的问话。终于，他批评起我的心不在焉来，态度可说相当严厉，于是，我只好硬着头皮问他那个绰号是什么意思。

他一听大为生气。"谁教你说这蠢话的？"他嚷叫着从座位上跳起来。可是，我还没来得及答话，他又已经坐在我旁边。"得了，得了！"他沉思着说，"其实，生活所给予我的，就数它最最宝贵。——让我讲给你听吧，咱们大概还有时间。"

我是在这所房子和这座花园里长大起来的，从前，我勤劳的父母就住在这里，希望我的儿子将来也住在这里！——我当孩子的时代已经过去很久很久了，但当时的有些事情对于我还历历在目，就像一幅幅用彩笔描绘的图画一样。

记得当时在我家的大门旁放着一张白色的小长椅，靠背和扶手都是绿色的木条拼成的。坐在椅子上，顺着长街望去，一边看得见紧底下的礼拜堂，另一边则可一直望到城外的庄稼地。夏日黄昏，我的父母亲劳累了一天就来这儿坐一坐，休息休息。而在这之前，长凳多半为我所占据，好让我在户外的清新空气中，一边完成学校的作业，一边东张西望，欣赏那令人神清气爽的景色。

有一天午后，我也坐在那儿——我还记得清清楚楚，那是在九月里刚刚开完我们米伽勒节的大年市以后——我正在做数学老师布置的代数练习，这时却发现顺着长街从底下爬上来一辆奇怪的车子。那是一辆有两个轮子的架子车，由一匹野性的小马驹拉着，车上载了两口很大的箱子，箱子中间坐着个金黄色头发的女人，块头儿大大的，脸上木无表情，旁边还有一个九岁光景的小女孩儿，生着满头黑发的小脑袋活泼地不住转来转去；车旁走着一个身材矮小、目光愉快的汉子，他手握缰绳，黑色的短发从绿色的鸭舌帽底下伸出来，就像一柄柄利剑。

马脖子底下挂的小铃铛丁零丁零地响着，他们就这么慢慢走过来了。等走到咱们家的门口，马车突然站住。"喂，孩子，"车上的女人朝着我大声问，"裁缝住的客栈在什么地方？"

我手里的笔已经停了好半天，这时我赶紧跳起来，跑到车子旁边。"喏，就在你们跟前。"我说，同时指着那所面前有棵修剪成四方形的菩提树的老房子，这所房子你知道，它眼下还立在对面。

大箱子中间那个娇小的女孩儿站起来，从褪了色的斗篷的兜头下探出小脑袋，睁着她那双大眼睛来打量站在车下的我；可那汉子只嘟囔了一句"坐下别动，丫头"和"谢谢你，孩子"，随后就给他的小马一鞭，把车赶到我指给他们的那所房子前面去了。与此同时，那位系着一条绿围裙的胖胖的客栈老板已经迎着他走来。

我自然清楚，来人并不属于这家裁缝公会的客栈理当接待的客人，可事实上也常常有其他的更使我喜欢的人们上那儿投宿——这在我今天想来似乎有损这一受人尊重的行业的体面。在对面的三楼，那儿如今冲着大街的仍是一些木头圆孔，而没有装玻璃窗，从前就一直住的是各种各样的街头乐师、走绳艺人或者驯兽者，全是到咱们城里来卖艺的。

可不是吗，第二天早上，当我站在自己楼上房中的窗前，正准备系上书包的时候，对面的一扇木板窗推开了。那个长着利剑似的黑色短发的矮个子男人探出脑袋，在新鲜空气中舒展着双臂，随后他转过脸去对着身后黑洞洞的房间，我于是听见他喊"丽赛！丽赛"——接着从他的腋下就钻出来一张红扑扑的小脸蛋，周围披着黑色的头发，长长的有如马鬃一般。父亲抬起手来指了指我这边，一面笑一面扯她那黑缎子似的头发。我听不明白他对她说些什么，想来不外乎是："你瞧瞧他，丽赛！还认识吗，就是昨天那个男孩儿？可怜的傻瓜，他马上就得背上书包上学去！你真是个幸福的小丫头啊，只需要让咱们的褐色马拉着，在全国各地逛来逛去！"至少，小姑娘是满怀同情地瞅着我，在我鼓起勇气向她友好地点头致意时，她也点了点小脑瓜儿，神情十分严肃。

很快父亲就缩回脑袋，消失在他那阁楼房间的里面。高大的金发女人代替他走到窗前，一把抓住小女孩儿的脑瓜儿，开始替她梳头。这件事情似乎静悄悄地就完成了，其实丽赛显然是不敢吭声，虽然有几次当梳子滑到她颈项里去的时候，她那红红的小嘴都撅了起来。只有一次，她抬起胳膊把一根长长的头发扔到窗外的菩提树上方，让它在晨风中慢慢飘去。我在窗口看得见它闪闪发亮，因为朝阳穿过了秋雾，正照射着对面客栈的上半部。

日光也射进了刚才还黑沉沉的阁楼中。我现在已清楚地看见那汉子坐在一处光线晦暗的屋角里的桌子前。他手上仿佛有什么金子、银子似的东西在烁烁闪光，过一会儿却又变成了一张鼻子大得出奇的小脸。可是不管我怎么使劲儿地瞧啊，瞧啊，还是弄不明白到底是啥玩意儿。突然，我听见像有根木头橛子被扔进箱子里去了似的"通"的一声，那汉子随即站起来，从另一个窗洞探出身子，向着街上张望。

这期间，女人已经给那黑头发的小姑娘穿上一件褪了色的红衣裳，把她的辫子像顶花冠似的盘在圆圆的小脑袋上。

我仍然一个劲儿地望着对面，心想："她没准儿还会点点头呐。"

"保罗，保罗！"我突然听见自己母亲的声音在下面的屋子里叫起来。

"听见啦，妈妈！"

我身子一哆嗦，着着实实给吓了一跳。

"喏，"她大声道，"要迟到了，数学教员会狠狠罚你的！早已打过七点，难道你不晓得？"

我乒乒乓乓地冲下楼去。

然而我真幸运，教员正赶上今天收获梨子，半个学校的学生都集合在他的果园中，用手和嘴在为他帮忙哩。直到九点钟大伙儿才汗流满面地坐到位子上，高高兴兴地拿出了石板和代数书。

十一点钟，我口袋让梨子塞得胀鼓鼓地从校园里跑出来，正碰上城里那位胖胖的喊话人从前面走过。他用钥匙敲打着一只亮晶晶的铜盆，扯起他那啤酒嗓门儿高声喊道：

"机械师兼木偶戏艺人约瑟夫·滕德勒先生，昨天从首府慕尼黑莅临本城，今晚特在打靶场大厅作首场表演。演出的剧目为《普法尔兹伯爵西格弗里特和圣女格诺维娃》，四幕木偶剧，附有伴唱！"

喊完他清了清嗓子，又神气活现地迈步朝着与我回家相反的方向走去。我跟在他背后从一条街走到另一条街，为的就是多听几次那令人欢欣鼓舞的通知。要晓得我还从来没有看过戏，更别提木偶戏。——当我终于转身往家里走的时候，蓦地发现有一件小红衣服朝我移动过来。果不其然，真是那个演木偶戏的小姑娘。她尽管衣服褪了色，但在我眼里仍像童话里的人物似的，身上裹着美丽的光辉。

我大起胆子与她搭讪，问：

"你是去散步吗，丽赛？"

她用黑眼睛望着我，显出疑虑的神气。

"散步？"她拖长了音调重复着我的问话，"嘿，你呀——真叫聪明！"

"那你到底上哪儿去呢？"

"上卖布的那儿去呗！"

"你想给自己扯一件新衣服吗？"我又问，真叫够傻气的。

她大笑起来：

"去！别逗我！不是的，咱只想买点儿零头布！"

"买零头布，丽赛？"

"当然呐！给木偶做衣服只要零头布就够了，这样费不了多少钱！"

我脑子里突然闪过一个好主意。当时，我的一个老伯伯在城里的市集广场边开着一家布店，他的那位老店员是我的好朋友。

"跟我走吧，"我勇敢地说，"包你一个钱不花，丽赛！"

"真的吗？"她还问了一句，然后，我俩就跑到市集广场，进了我伯伯开的布店。老加布列尔像往常一样地穿着灰白色长袍，站在柜台背后。等我说明了来意，他就好心地翻出来了一大堆布头，堆放在柜台上。

"瞧，那鲜红的多漂亮！"丽赛说，一边冲着一块法国印花布点着脑袋，非常想要的样子。

"你用得着吗？"加布列尔问。

那还用说！为了今天晚上的演出，还得给西格弗里特骑士裁一件新马甲呀。

"可是还得绲边呐，"老爷子说，随即拿来各种金银花边的头子，以及一小块一小块的绿色、黄色绸缎和丝带，最后再添上一块相当大的棕色天鹅绒。"尽管拿去吧，孩子！"加布列尔说，"这个可以拿去当你的格

诺维娃的皮袍子，要是旧的一件已经褪了色的话！"说着，他就把那一大堆漂漂亮亮的东西捆成一包，塞在小姑娘的腋下。

"真的不要钱吗？"她惶惑地问。

不，一点儿不要。她眉开眼笑了。"谢谢，谢谢你，好人！啊，爸爸见了才叫高兴哩！"

丽赛腋下挟着小包袱，我俩手牵着手，离开了布店，到了我家附近，她便放开我，穿过大街，向着裁缝公会的旅店奔去，跑得头上的黑色发辫也飞起来，拖在了颈后。

午饭后，我站在家门前，心怦怦跳着，考虑是否可以大起胆子去向父亲要钱买门票，以便今天就去看首场演出。说实话，能站在廊子上我就已经满足喽，那儿儿童票只要两先令。这当口，在我还没拿定主意之前，丽赛就从街对面朝我飞跑过来了。"爸爸给的！"她说。我还没弄清楚是怎么回事，她又跑了。可是在我的手心里，已捏着一张红色戏票，上面印着几个大字：头等座位。

我抬起头，看见那个矮小的黑头发的汉子也在对面顶楼的窗洞里向我挥动双臂。我朝他点点头，心想，这些个木偶戏艺人，他们可真是些可亲的人啊！

"不错，今天晚上，"我自言自语，"今天晚上——头等座位！"

你知道咱们南大街的那个打靶场。当年，它的大门上还画着一个英俊的真人般大小的射手，头戴羽毛帽，手执长管枪，只不过当时那老房子比现在更加破败。射击协会仅剩下三个会员，几个世纪以来老公爵们所赠送的银杯、盛火药的兽角形容器以及其他奖品，已一点一点地变卖掉了。还有那座你知道一直延伸到人行道的大花园，也出租给人家，成了养绵羊和山羊的牧地。一幢三层楼的房子既无任何人居住，也没派什么用场，年深月久，风吹雨打，在周围新建的房舍的衬托下真显得破烂不堪，只有在那间占据整个顶楼的刷成白色的凄凉大厅中，偶尔才有过往的大力士或魔术师来表演他们的技艺。逢到这种时候，下边画着射手的大门便会吱嘎吱嘎地推开来。

天慢慢地黑了。可越到后来麻烦越多，因为要一直挨到开锣前五分钟，父亲才准许我离开。他说，锻炼锻炼耐心是必要的，这样我到了戏园子里，就会老老实实地待着啦。

我终于赶到了打靶场。大门敞开着，各种各样的人都往里拥。那年头儿大伙儿还乐于去寻这种小开心，因为上汉堡的路程太远，能去见大世面以致瞧不起家乡的小玩意儿的人毕竟不多。——我爬完橡木旋梯，一眼瞧见丽赛的母亲坐在大厅的门口收票。我亲亲热热地走到她身边，心想她一定会像个老朋友似的招呼我，谁料她木呆呆地坐着，伸手接过我的票，一声不吭，仿佛我跟他们家丝毫没有关系似的。——我怀着颇有点儿受了委屈的心情走进大厅。厅内一片嘈杂，等着看表演的人们全都压低了嗓门在聊天，再加城里的乐师也领着三个伙计在演奏。我的眼睛首先注意到的，是大厅前边挂在乐队席上方的一面红色帷幕。帷幕中央画着一张金色的七弦琴，琴的上方交叉地立着两支长号，而当时尤其令我觉得稀罕的是，在长号的嘴子上还各挂着一个面具，这边一个阴沉沉的，那边一个笑呵呵的，但眼睛都只有两个空洞。——最前面三排已经坐满了，我挤到第四条长凳上，在那儿发现有我的一个同学坐在自己父母亲旁边。在我们身后，座位便逐渐高上去，直到最后那条只卖站票的所谓廊子，离地板差不多已足有一人高。那儿似乎也已经客满，我看不十分清楚，因为只在两边墙壁上挂的白铁罐中点着不多几支油脂烛，光线微弱，加之粗笨的木橡顶棚也使厅内变得幽暗。我的邻座要给我讲一件发生在学校里的趣闻，我不明白，他怎么还有心思去想这档子事。我眼睛看见的，只有那在舞台和乐台的灯光照耀下显得十分庄严的幕布。这当儿它轻轻颤动起来，幕后那个神秘的世界也已开始活动。又过了一瞬，蓦地传出一响清脆的锣声，观众席上的嘈杂声戛然而止，帷幕便迅速升起了。我只往舞台上一瞅，时光仿佛就倒退了一千年。我看见一座有着望楼和吊桥的中世纪城堡，两个一尺高的小人儿站在院子当中，激动地谈着话。一个人蓄着黑胡子，头戴饰有羽毛的银盔，身披绣金斗篷，下身穿着条红裤子，这就是普法尔兹伯爵西格弗里特。他正要去征讨信奉异教的摩尔人，因此吩咐身穿蓝色绣金短袄站在一旁的年轻管家戈洛，要他留在城堡中保护伯爵夫人格诺维娃。可是不忠心的戈洛装模作样，恰似拼命反对自己的好主人单枪匹马去投入这场恶战。他俩在争论时不住地转动脑袋，胳膊也一下一下地猛甩猛挥。这时吊桥外边传来一阵微弱的、拖长的喇叭声，跟着美丽的格诺维娃便穿着天蓝色长裙，从望楼后奔了出来，一下抱住丈夫的肩膀："啊，我最最心爱的西格弗里特，但愿残暴的异教徒别杀死了你啊！"可是她毫无办法。喇叭声再次传来，伯爵挺直身子，威严地跨过吊桥，离开了院子。外面一支队伍开拨的声音清楚可闻。如今刁恶的戈洛成了城堡中的主宰。

戏继续演着，以下的故事跟你在书里读到的一个样。——我坐在板凳上一动不动，完全给迷住了。木偶们的那些稀罕的举动，那些就像真是从它们嘴里发出来的纤细而嘶哑的声音，所有的一切都赋予了这些小小的人儿以神秘的生命，赋予了它们以紧紧吸引着我双眼的磁石般的力量。

第二幕更加精彩。在城堡里的仆人中出现了一个穿黄布褂子的老兄，名字叫卡斯佩尔。如果说这小子还不算活蹦乱跳的话，那就永远不会有什么东西是活蹦乱跳的啦。他不住地逗着乐子，观众笑得连大厅都抖动起来。他的鼻子大得像根香肠，中间必定还装着关节，因为在他发出愚蠢而滑稽的大笑的时候，那鼻头还会左右摇动，仿佛他自己也乐得不可开交似的。同时他的嘴巴也张得很大，下巴颏碰得咔啦咔啦直响，就像一只老猫头鹰在打呼噜一样。常常只听一声"来哉"，他便已经跳到舞台上，然后他转向观众，先只用他的大拇指与观众攀谈。他这大拇指意味深长地转来转去，恰似真的在讲："这儿没有，那儿没有。你得不着，你啥也没有！"临了儿再加上他那对斜视的眼睛，真正太富有诱惑力了，以致不多会儿工夫，全场的观众也净都变成了瞟瞟眼。我更让这可爱的家伙完全给迷住啦。

戏终于收场，我又坐在家里的起居室里，不声不响地吃着我的好妈妈重新替我热好的烤肉。父亲坐在靠椅上，抽着他那每晚必抽的烟斗。"喏，孩子，"他开了腔，"它们跟活人一样吗？"

"我不知道，爸爸。"我继续在碗里舀着说，我的脑子还完全乱糟糟的。

他若有所悟地微笑着，盯着我看了好一会儿。"听着，保罗，"他随后说，"你不能常进戏园子，闹不好，那些木偶最后也会跟你一块儿进学校去的。”

父亲的话不是没有道理。在接下来的两天中，我的代数练习退步得很厉害，以致数学教员警告说，要把我从第一名上降下来。可不，当我脑子里想着写 $a+b=x-c$ 的时候，耳畔却听到美丽的格诺维娃那小鸟儿啁啾般纤细的声音：“啊，我最最心爱的西格弗里特，但愿残暴的异教徒别杀死了你啊！”有一回——幸好没谁瞧见——我甚至在石板上写成了五十格诺维娃。一次半夜里在卧室中，冷不丁里一声震天价响的“来哉”，穿着黄布大褂的可爱的卡斯佩尔便一个箭步跳到了我床上，他把两条胳膊撑在我脑袋左右的枕头里，俯下身来冲着我狂笑：“哈哈，我的好兄弟！哈哈，我最亲爱的兄弟！”笑着笑着就用他那长长的红鼻子来啄我自己的鼻子，我便醒了过来。自然我也立刻明白，那只是一个梦。

我把这一切全憋在心里，在家里不敢提木偶戏一个字。谁知到了紧接着的礼拜天，喊话人又走街串巷，一边敲着铜盆一边高声宣告：“今天晚上在打靶场，公演四幕木偶戏《浮士德博士下地狱》啊！”——这下可再也憋不住了。就像只猫儿围着热粥转一样，我不声不响地在父亲身边踅来踅去，终于，他理解了我那痴呆的目光。

“波勒，”他道，“看你心里不滴出血来才怪呢；也许治你病的最好办法就是让你看个够。”说着，他便把手伸进背心口袋，掏了两个先令出来给我。

我立刻跑出家门，到了街上才明白过来，离戏开演还有整整八个钟头，够我等的呢。不过我仍然跑到花园后面的人行道上。站在打靶场敞着门的墓地前，我仿佛受着什么东西的吸引，不知不觉便走了进去。没准儿有几个木偶正从楼上的窗口往外张望吧，我想。要知道戏台就摆在房子的后墙边啊。不过，我先还得穿过牧地的凸起部分，那儿长满了茂密的菩提树和栗子树。我心里有点儿害怕，正在那里踌躇不前，突然一只在旁边的大公羊往我背上猛抵一下，我便往前跟跑了约二十步。哎呀，我一看四周，已经站在大树底下。

那是个阴晦的秋日，一片片黄叶已经从树上飘落下来，在我头顶上的空中，一群向海上飞去的水鸟在发出鸣叫。周围看不见一个人影，听不见一点儿人声。我慢慢穿过野草凄迷的小径，来到了一片隔在园子和楼房间的石砌院坝上。院坝并不宽——真的！那楼上果然有两扇朝着院子的大窗户。可是，在那些用铅条嵌起来的小小的窗玻璃背后，却黑洞洞的啥也没有，一个木偶都看不见。我站了一会儿，在周围的一片寂静中，不禁心惊胆战起来。

这当口，我发现沉重的院门突然从里面推开了一掌宽，与此同时，一个小小的黑发的脑袋也从门缝中探了出来。

"丽赛！"我失声叫道。

她睁大黑黝黝的眼睛望着我。

"上帝保佑！"她说，"我真不知道外边喊喊嚷嚷的是什么东西！可你到底是怎么进来的呢？"

"我吗？——我在溜达着玩儿，丽赛！——可你告诉我，你们现在是不是已经在演戏？"

她笑眯眯地摇了摇头。

"可是，你们又在这儿干吗呢？"我继续追问，同时越过院坝朝着她走去。

"我等我爸爸，"她回答，"他回旅馆取绳子和钉子去了，他在做今晚上演出的准备。"

"就你独自在这里吗，丽赛？"

"啊不，你不是也在这儿吗！"

"我是问，"我说，"你的母亲在不在楼上？"

"不，母亲坐在旅馆里补木偶的衣服，只有丽赛独自在这里。"

"听好了，"我又开始说，"请你帮个忙，在你们的木偶中有一个叫卡斯佩尔的，我非常想在近处看看他。"

"你说那个小丑吗？"丽赛问，好像考虑了一会儿，"喏，行啊，只是得快一些，要不爸爸就回来啦！"

说着我们就走进楼里，跑上陡斜的旋转楼梯。大厅里黑得几乎什么都看不见，开向院子的窗户全让戏台给遮着了，只是这儿那儿地从幕布的缝隙中射进来一条条光线。

"来！"丽赛招呼我，同时把挂在侧面墙边的一条当挡子的睡毯撩上去，我们往里一钻，我就已经站在那神奇的殿堂前。可是，从背后看去，在大白天里，这儿显得是那样寒酸，仅仅是一个用木板条钉成的框子，上面垂着一块块色彩斑驳的布片，而它便是圣女格诺维娃向我展示自己的一生，使我神往陶醉的舞台。

然而我抱怨得太早了。那儿，在布景和墙壁之间绷着的一根铁丝上，挂着两个漂亮的木偶，由于它们是背朝着我，我没有认出是谁来。

"其他木偶在哪儿，丽赛？"我问；我真巴不得一下子看见整个班子。

"在这个箱子里，"丽赛回答，举起小拳头敲了敲一口放在角落的大木箱，"那边的两个已经穿戴好了，过去好好瞧瞧吧，他也在那儿，你的朋友卡斯佩尔！"

果真不错，就是卡斯佩尔。

"今晚上他又要演出吗？"我问。

"当然要演，每天晚上都少不了他！"

我抱着胳膊，站在那儿端详着我亲爱的无所不能的小丑。只见他由七根线系着，吊在铁丝上晃晃荡荡，脑袋耷拉在胸前，大眼睛盯着地上，红鼻子伸着就像条宽宽的鸟喙似的。

"卡斯佩尔呀，卡斯佩尔，"我自顾自地说，"瞧你吊在那儿多可怜！"

蓦地，他像是回答我似的："等着瞧吧，好兄弟，今晚上等着瞧吧！"

只是我自己脑子里在嘀咕呢，还是卡斯佩尔真对我这么说了呢？我不知道。

我转过脸来，丽赛已经不在跟前，她准是跑到了大门口，监视父亲是不是已经走回来啦。这当口我听见她在大厅门边喊：

"喂，可别动我的木偶啊！"

说得是——叫我怎么能不动呢。我轻手轻脚地爬上旁边的一条长凳，开始一根一根地扯起那些线来。先是下巴颏儿啪啦啪啦动了，接着胳膊便举了起来，临了儿那根神奇的大拇指也开始灵巧地转来转去。这玩意儿一点儿不困难，我压根儿没想到演木偶戏竟这么容易。只不过胳膊仅仅能一前一后地动，而在新近演过的戏里，卡斯佩尔显然曾经把胳膊向两边伸，

是的，他甚至还用它们抱住过脑袋呐！我于是猛拽所有的线，还企图用手扳弯他的胳膊，但是不成。扳着扳着，木偶的身体内忽然咔啦一声。"且慢！"我想，"快快住手吧！你这样会闯祸的！"

我轻轻地从凳子上爬下来，同时已听见丽赛走回大厅的声音。

"快点儿，快点儿！"她一边叫喊，一边就拽着我穿过黑暗的场子，向外面的旋梯走去。"我原本是不该放你进来的，"她继续说，"管他呢，这下你该高兴了吧！"

我想起刚才那咔啦一声。"嘿，没什么事儿！"我自己安慰着自己，跑下旋梯，穿过后门，到了外边。

总算搞清楚了，卡斯佩尔不过是个真正的木偶。可是丽赛——她的口音是多么动听！她并且马上就亲亲热热地领我上去看了她的木偶！诚然，她自己就告诉我，她是瞒着父亲这样做的，这不完全对头。不过，就算不光彩，我还是得承认：这样的秘密行径我心里并非不喜欢，相反，它倒使事情别有一番滋味。我想，当我穿过园子里的菩提树和栗子树，重新向着人行道慢慢溜达时，脸上一定带着洋洋得意的微笑。

我尽管转着这样一些自我陶醉的念头，可时不时地耳朵里仍响起那木偶身体中发出的咔啦一声，一整天，我想尽了办法，也没能使现在从我内心里发出的这个声音安静下去。

已经打了七点。今天是礼拜天晚上，打靶场内更加座无虚席，这次我是站在离地板五码高的后边，在只花两个先令的廊子上。白铁罩子里的油脂烛发着光，城里的乐师和伙计拉起小提琴；帷幕徐徐升了上去。

台上出现一间屋顶像穹隆似的哥特式房间。浮士德博士身穿黑色长袍，坐在一本翻开的大书前，他苦苦抱怨，他所有的学问都没有用处；他衣裳破旧，负债累累，因此只好去找地狱里的魔鬼帮助。

"是谁在呼唤我？"从左边的穹顶上传下来一个可怕的声音。

"浮士德，浮士德，别听他的！"从右边传来另一个温柔的声音。

然而浮士德与恶魔立下了誓约。

"可悲啊，可悲啊，你可怜的灵魂！"天使的叹息声轻得像微风，而同时，左边却响起咯咯咯的狂笑，笑声响彻了整个大厅。

这当口，有谁敲起门来。

"请原谅，老师！"浮士德的弟子瓦格纳走进屋子。他请求允许他雇一个帮手干那些粗笨的家务事，以便他能更专心地学习。"有一个叫卡斯佩尔的年轻人前来应征，"他说，"看样子人挺不错。"

浮士德和蔼地点点头，回答：

"很好，亲爱的瓦格纳，我同意你的请求。"说罢，师徒二人便一起下了场。

只听一声"来哉"果然是他。卡斯佩尔一步跳到台子上，背上的行囊直打战。

"感谢上帝，"我心里想，"他还是好好儿的，还跟上个礼拜天在美丽的格诺维娃城堡中一样地欢蹦乱跳！"说也稀罕，上午我在脑子里还当他只是个不怎么样的木头人，可现在一句台词刚出口，他又恢复了全部的魔力。

他在房间里一个劲儿地走来走去。"要是我亲爱的爸爸现在看见我，"他大声说，"他老人家才叫乐哩。他总是告诉我：'卡斯佩尔啊，好好干，要有出息！'——瞧，这会儿我不是有出息了吗？我一扔就会把我的东西扔出老远去！"说着他做出一个要使劲儿扔背囊的样子，背囊倒确实顺着提线迅速飞到了穹顶上，可卡斯佩尔的两条胳膊却仍然紧紧贴着身子，不管怎么抽风似的抖来抖去，始终还是抬不起一点儿来。

卡斯佩尔不声不响地呆住了。舞台背后骚动起来，传出来压低的、急促的谈话声，演出显然中断了。

我的心停止了跳动，报应来了不是！我恨不得逃走，可又感到羞耻。要是丽赛因为我受到打骂怎么办！

突然，卡斯佩尔开始在舞台上哀号起来，脑袋和胳膊都软塌塌地耷拉着。瓦格纳学士重新出现在台子上，问他干吗这么大哭大叫。

"哎哟，我的牙齿，我的牙齿！"卡斯佩尔嚷嚷着。

"好朋友，"瓦格纳说，"让我瞧瞧你的嘴巴！"

当他抓住卡斯佩尔的大鼻子，把头凑到他的上下腭之间去的时候，浮士德博士也重新进屋来了。

023

"对不起，老师，"瓦格纳说，"我不能雇用这个年轻人，必须马上送他进医院去！"

"那是家酒馆吗？"卡斯佩尔问。

"不，好朋友，"瓦格纳回答，"那是屠宰场。在那儿人家将替你把智齿从肉里割出来，这样你的痛苦也就解除啦。"

"唉，亲爱的上帝，"卡斯佩尔哀叫着，"我这个可怜虫怎么这样倒霉呀！您说'智齿'吗，学士先生？咱们家可还从来没谁有过这玩意儿啊！如此说来，咱这卡斯佩尔家族算是完喽？"

"反正，我的朋友，一个有智齿的用人我绝对不能要，"瓦格纳说，"智齿这东西只有我们学者才配长。可你还有个侄儿，他也到我这儿来谋过差事。也许，"他转过脸去冲着浮士德博士，"请阁下容我……"

浮士德博士威严地把头一转。

"你爱怎么办就怎么办吧，亲爱的瓦格纳，"他说，"可别用这等鸡毛蒜皮的事情来烦我，我要钻研我的魔术！"

"听听，伙计，"一个在我前面趴在栏杆上的小裁缝对旁边的人说，"这可是戏里没有的呀，我熟悉这出戏，前不久在赛弗尔斯村才看过。"

另一个却只是说："别出声，就你聪明！"说时还戳了他肋骨一下。说话间，卡斯佩尔第二又已经出现在舞台上。他和他生病的叔叔像得简直分不清楚，说起话来腔调也一模一样，只不过他缺少那个灵活的大拇指，大鼻头里边似乎也没有关节。

戏又顺利地演下去，我心上的大石头也落了地；不多会儿，我便忘记了周围的一切。魔鬼麦菲斯托胖勒斯穿着火红的斗篷，额头上长着角，出现在房中，浮士德正用自己的血，在与他签订罪恶的誓约：

"你必须替我服二十四年役，然后我就把身体和灵魂都给你。"

接着，他俩便裹在魔鬼的奇异斗篷里，飞到空中去了。为卡斯佩尔从天上掉下来一只长着蝙蝠翅膀的大蟾蜍。"要我骑着这地狱里的麻雀去帕尔马吗？"他大声问。那畜生颤颤巍巍地点了点脑袋，他于是骑上去，飞到空中追赶先走的两位。

我紧贴后面的墙根儿站着，视线超过前面的所有的脑袋，看得更加清楚。幕布再次升起，戏已演到最后一幕。

限期终于满了。浮士德与卡斯佩尔双双回到了故乡。卡斯佩尔已当上更夫，他在黑暗的街道上进巡着，高声地报着时辰：

> 列位君子听我说，
>
> 我的老婆接了我；
>
> 可得当心那班娘儿们啊，
>
> 十二点哟！十二点哟！

远远地传来了子夜的钟声。浮士德踉踉跄跄地走上舞台，他企图祈祷，但喉咙里只能发出阵阵哀号，牙齿相互磕打着。

正当三个浑身黑毛的魔鬼在火雨中从天而降，前来捉拿可怜的浮士德的一刹那，我觉得自己脚下的一块木板动了动。我弯下腰去，准备把它挪好，却听见下面的黑窟窿里似乎有点儿什么响声，侧耳细听，就像是一个孩子在啜泣。

"丽赛！"我脑子里一闪，"有可能是丽赛！"我所干的坏事又整个像块大石头似的压在了我心上，现在哪儿还顾得上浮士德博士和他下不下地狱哟！

我怀着狂跳的心，从观众中间挤过去，从侧面爬下了看台。我很快钻到看台下的空洞里边，顺着墙板站直身子往前摸去，因为几乎毫无光线，我到处都碰着支在里边的木条木柱。

"丽赛！"我呼唤着。

那刚才还听见的啜泣突然一下子没有了，但在最靠里的一个角落上，我发现有什么在蠕动。我摸索着继续朝前走，果然——她坐在那里，身体蜷成一团，脑袋埋在怀中。

"丽赛，"我又问，"你怎么啦？你说句话呀！"

她微微抬起头来。"叫我说什么呀！"她道，"你自个儿清楚，是你把小丑给拧坏了。"

"是的，丽赛，"我垂头丧气地回答，"我相信是我弄坏了他。"

"嘿，你呀！——我可不是告诉过你吗！"

"是的，丽赛，现在我该怎么办？"

"喏，啥也别做！"

"那结果会怎样呢？"

"喏，不怎么样！"说完她开始大声痛哭起来，"可是等回到家……回到家我就会……会挨鞭子！"

"你挨鞭子，丽赛！"——我觉得这下子完了，"你的父亲真这么凶吗？"

"唉，我的爸爸可好啦！"她抽泣着说。

那么是她母亲！啊，我真恨这个板着面孔坐在售票口旁边的女人，恨得简直要发狂！

这时从戏台那边传来卡斯佩尔第二的喊声："戏演完啦！玛格丽特，咱俩最后跳个舞吧！"在同一刹那，我们头顶上便响起杂沓凌乱的脚步声，人们乒乒乓乓爬下看台，向着出口拥去。走在最后的是城里的乐师和他的伙计们，我听见他的大提琴撞在墙上发出的嗡嗡声。随后便慢慢安静下来，只有在前边的舞台上，滕德勒夫妇还在谈话和忙碌。一会儿他俩也走进了观众席，像是先吹熄了乐台上的灯，又在吹两边墙壁上的灯；大厅里越来越黑了。

"能知道丽赛在哪儿就好啦！"我听见滕德勒先生大声地冲在对面吹灯的妻子说。

"她还会去哪儿！"妻子嚷嚷着回答他，"这个犟东西，还不是跑回旅馆去了呗！"

"老婆，"男人又说，"你对孩子也太粗暴了，她的心还那么嫩弱！"

"这叫什么话！"女人叫起来，"她就是该受惩罚嘛，她明明知道，那个奇妙的木偶还是我故去的父亲传下来的！你永远也甭想再修好它，而第二个卡斯佩尔只能勉强代替一下！"

争吵声在空荡荡的大厅里回响着。我也蹲到丽赛旁边，我俩手拉着手，一点儿声息不出，就像两只小老鼠。

"这是我的报应，"刚好站在我们头顶上的女人又嚷开了，"为什么我要容忍你今晚上又演这出亵渎上帝的戏呢！我天堂里的父亲最后几年再也不演它了啊！"

"得，得，费瑟尔！"滕德勒先生从对面喊，"你真是个怪人。这出戏一直很叫座。再说，我看对于世上那许多不信神的人也是一个教训和警戒！"

"但我们就演今天这最后一次。从此别再跟我多说废话！"女人回答。

滕德勒先生不响了。整个大厅里似乎还只有一盏灯亮着。夫妻二人慢慢朝着出口走去。

"丽赛，"我悄声说，"咱们会被关在里面哩。"

"随他去！"她回答，"我没有办法，我不想走！"

"那我也留下！"

"可你的爸爸妈妈……"

"我要陪着你！"

大厅的门关上了，随后是下楼梯的声音，再后我们听见他们在外面街上如何锁死了大门。

我们仍然坐着。我们就那么一句话不讲地呆呆坐了约莫一刻钟。幸好这时我突然想起，我口袋里还有两块夹腊肠的面包，是我在来的路上，用死乞白赖向母亲要来的一个先令买的，后来看戏看得入了迷给完全忘记了。我塞了一块在丽赛的小手里，她一声不响地接着，好像理所当然地该我张罗夜宵似的。我们吃了一会儿，随后就啥也没有了。我站起来说："让我们到舞台后边去吧，那儿会亮一些，我想，外面一定有月亮！"丽赛温顺地任我牵着，穿过那些横七竖八的板条，走到了大厅里。

我们钻进挡子后边的舞台，就看见了从花园中射进窗户里来的明亮的月光。

在上午只挂着两个木偶的那条铁丝上，我看见今晚登场的整个班子。那儿挂着脸颊瘦削苍白的浮士德博士，额头上长着角的麦菲斯托胖勒斯，三个黑毛小鬼，在生着翅膀的蟾蜍旁边还有两位卡斯佩尔。在惨白的月光中，全都纹丝不动，我觉得简直就像一些死尸。幸亏头号卡斯佩尔的大鼻子又耷拉到了胸脯上，不然，我相信他一定会拿眼睛恶狠狠

地瞪着我的。

丽赛和我无所事事地在戏台子上东站站、西爬爬了一阵以后，我俩又肩并肩地趴在窗台上。变天了，一堆乌云升起来，就要遮住空中的月亮；下面的园子里，看得见无数的叶子从树上纷纷飘落。

"瞧，"丽赛若有所思地说，"乌云飘过来了！我慈爱的老姑妈不能再从天上看下边啦！"

"哪个老姑妈，丽赛？"我问。

"在她死以前，我曾住在她家里。"

我们重新凝视着外面的黑夜。风刮向我们的楼房，蹿进并不怎么严实的小窗，原本静静挂在后面铁丝上的木偶开始噼里啪啦地碰响起来。我不由掉头一看，只见它们在风中一个个摇头晃脑，但直的小胳膊腿儿乱舞乱挥。冷不丁的，受了伤的卡斯佩尔一仰脑袋，用两只白眼死死地盯着我，我心里于是嘀咕，还是到旁边去吧。

离窗口不远，在布景挡着看不见那些乱跳乱舞的木偶们的地方，立着一口大箱子，箱盖开着，上面胡乱扔着一些毛毯，估计是用来裹木偶的。

当我朝着箱子走去时，听见丽赛在窗口长长地打了一个哈欠。

"困了吗，丽赛？"我问。

"啊不，"她回答，同时把小胳膊紧紧抱在一起，"只是有些冷！"

真的，在这空荡荡的大厅中是冷起来了，我也感到凉飕飕的。"过来！"我说，"咱们把毯子裹在身上。"

丽赛马上站在我旁边，温顺地任我把她裹在一条毛毯里，临了儿看上去就像只大煤蛹，只是上边还露出一个极其可爱的小脸蛋儿。"我想，"她说，一对疲倦的大眼睛直盯着我，"我们可以爬进箱子里去，里边暖和！"

我明白这个道理，与荒凉冷清的大厅比较起来，那儿甚至是个僻静宜人的所在，简直像间小密室。我们两个可怜的小傻瓜很快就用毯子包裹严实，紧紧相偎地坐在大箱子里，背和脚都抵在箱壁上。远远地，我们听见沉重的厅门的门枢在嘎嘎直叫，可在这儿，我们却既安稳，又舒适。

"还冷吗，丽赛？"我问。

“一点儿也不了！”

她把自己的小脑袋靠在我肩膀上，已经闭上眼睛。“我的好爸爸在做什么呢？”她嘴里还喃喃着，随后，我从她均匀的呼吸听出来，她睡着了。

从我的位置，可以透过一扇窗户的顶上几块玻璃看到楼外。月亮又从刚才遮挡着它的云幕后边浮游出来了，慈祥的老姑妈重新可以从天空俯瞰人间，我想，她准是很喜欢这么做的吧。一道月华照在静静靠在我脸旁的那张小脸上，漆黑的睫毛宛如绣在面颊上的丝质花边，红红的嘴儿轻轻地呼吸着，只是时不时地还从胸中发出一两声短促的抽泣，就连这也很快没有了，天上的老姑妈目光是何等地温柔啊。

我一丝不敢动弹。我想：“要是丽赛是你妹妹，能够一直留在你身边，那该多美！”要知道我没有姐妹。如果说，我对哥哥弟弟还不怎么想的话，我可是常常幻想过和一个妹妹在一起生活的情景，真不理解我的那些同学，他们真有了姐妹，竟然还能和她们吵嘴打架。

我想必就这么胡思乱想着，终于也睡着了。我现在还记得，我做了怎样一些荒诞不经的梦。我仿佛坐在大厅中央，两边墙壁燃着油烛，观众席上却空空如也，除我以外再没有一个人。在我头顶上，木橡顶棚下边，卡斯佩尔骑着地狱里的麻雀飞来飞去，一声接一声地喊叫着：“坏哥哥！坏哥哥！”或者用哭丧的声音呼唤：“我的胳膊哟！我的胳膊哟！”

蓦地，我头顶上响起的一阵笑声，把我惊醒了，也许，使我醒来的还有那突然射着我眼睛的亮光吧。

“喏，瞧瞧好一个鸟窝！”我听见父亲的嗓音说，随后，他又稍微严厉地吼了一声，“快给我出来吧，孩子！”

一听这样的吼声，平素我总情不自禁地会站起来的。我竭力睁开眼睛，发现父亲和滕德勒夫妇站在箱子跟前；滕德勒先生手上拎着盏明亮的马灯。我挣扎着想站起来，但是不成，仍然酣睡着的丽赛妨碍着我，把她小身躯的整个重量都压在我的胸脯上。然而，当一双骨节粗大的手伸过来准备抱她出去，我一眼看清在我们上边的乃是滕德勒太太那生硬的面孔的时候，我又猛地抱住我的小朋友，差点儿没把那女人头上戴的意大利旧草

帽给拽下来。

"好小子，好小子！"她连声嚷着，往后退了一步。我呢，则从箱子里爬出来，简单明了地，无所顾忌地，讲了今天上午发生的事情。

"既如此，滕格勒太太，"我父亲等我讲完以后说，同时做了一个很通情达理的手势，"您大概会允许我单独来和我儿子了结这件事了吧。"

"好的，好的！"我急不可耐地叫起来，仿佛他是答应给我什么最好玩儿的东西似的。

这时候丽赛也醒了，已被她父亲抱在怀中。我看见，她用小胳膊搂住父亲的脖子，一会儿凑近他耳朵急急忙忙地说些什么，一会儿温柔地望着他的眼睛，一会儿又下保证似的点着头儿。紧接着，木偶戏艺人也拉住我父亲的手。

"亲爱的先生，"他说，"孩子们已经相互说情。丽赛她妈，你也并不是那么狠心！这件事咱们就算了吧！"

滕德勒太太藏在大草帽底下的脸仍然无动于衷。

"你自己会瞧见，没有卡斯佩尔你怎么混得下去！"她气势汹汹地瞪了丈夫一眼，说。

我望着父亲的脸，看见他高兴地挤了挤眼睛，于是放下心来，知道风暴即将过去，当他进而答应明天贡献出自己的技艺来修理那个受伤的木偶时，滕德勒太太的意大利草帽甚至也可爱地动起来了，我这就更加有把握，我们两家都已经太平无事。

很快，我们便行进在黑暗的大街上，滕德勒先生拎着灯在前面开道，我们，两个孩子，手拉着手紧跟着大人。

临了儿，"晚安，保罗！啊，我真想睡觉！"说完，丽赛就跑开了，我压根儿没有发现，我们已经走到家门口。

第二天中午，我放学回来，在我家的作坊里碰见了滕德勒先生和他的小女儿。

"嘿，师兄，"我父亲正在检查木偶的内部结构，说，"要是咱们两个机械师一块儿还修不好这个家伙，那就太糟糕啦。"

"对嘛，爸爸，"丽赛大声说，"要修好了，妈妈也不会再抱怨。"

滕德勒先生轻轻抚摸着女儿黑色的头发，然后转过脸来望着我父亲，听他解释打算如何修理木偶。

"唉，亲爱的先生，"他说，"我并不是什么机械师，这个称号只是我连同木偶一起承继下来的。论职业，我原本为贝尔希特斯加登的一名木刻匠。可我已故的岳父——您大概听说过他——却是著名的木偶戏艺人盖塞尔布莱希特，我老婆蕾瑟尔至今仍以有这位父亲为荣哩。卡斯佩尔身体里的机关就是他造的，我不过刻了一下面孔而已。"

"嘿，嘿，滕德勒先生，"我父亲也说，"这个就已经是艺术了。而且——请你讲一讲，当我儿子干的蠢事突然在演出中间暴露出来时，你们怎么可能一下子就想出了补救办法。"

谈话开始令我觉得有些尴尬了，可忽然，滕德勒先生善良的脸上闪烁着木偶戏艺人所有的机智的光辉。

"是的，亲爱的先生，"他说，"为了应付这种情况，我们总是准备着一些噱头儿。就说这家伙，他也有个侄儿，就是卡斯佩尔第二，声音和他一模一样！"

这期间，我已扯了扯丽赛的衣服，领着她顺顺当当地溜进了我们家的花园里。我和她就坐在眼下也替咱俩遮着的菩提树下，只是当时那边那些花坛里没开红色的丁香花，不过我清楚地记得是在一个阳光灿烂的九月的午后。我的母亲也从厨房里走了来，开始和木偶戏艺人的小姑娘拉话，要知道妈妈也是有自己的一点儿好奇心的。

她问小姑娘叫什么名字，是不是一直就这么从一个市镇流浪到一个市镇的。嗯，她叫丽赛——这个其实我已对妈妈讲过好多遍啦——这是她的第一次旅行，因此嘛她的标准德语还讲得不怎么好。她是不是念过书呢？当然，她去念过书，不过做针线活儿却是跟她的老姑妈学来的。老姑妈也有这么个花园，她们也曾坐在花园中的长凳上。现在呢，她只能跟母亲学，母亲可严厉啦！

我母亲赞许地点着头。她的父母亲大概打算在此地停多久呢？她又问丽赛。嗯，这她可不知道，这得由她的母亲来决定，一般嘛，在每个地方多半待四个礼拜。哦，那么，她是不是也备有继续旅行的暖和的大衣呢？

要知道，这么坐在敞篷车上，十月里就已经很冷了呀。喏，丽赛回答，大衣她已有一件，不过挺薄挺薄的，所以在来的路上她已感到冻得够受的。

我可以看出，我母亲早已等着听这句话，她于是道：

"听我讲，小丽赛！我在柜子里挂着一件挺好的大衣，还是我当大姑娘那会儿穿过，现在我的身材已没当时苗条啦，再说我也没有女儿，没法改出来给她穿。赶明儿你就来吧，丽赛，它会使你有一件暖和的大衣的。"

丽赛高兴得脸蛋儿通红，转眼间已吻了我母亲的手，搞得我母亲反倒十分不好意思起来。你知道，我们这地方的人不大懂得那一套愚蠢的礼节！幸好这时两个男人从作坊里走来了。

"这回算是有救了，"我的父亲大声说，"不过……"他举起手指来朝我点了点，表示警告，我受的惩罚也就结束了。

我高高兴兴地跑回屋里，依照母亲的吩咐取来她的大被巾，用它仔仔细细地把刚出院的卡斯佩尔包裹起来，免得街上的孩子们再像他来时那样大呼小叫地跟在旁边跑。他们这样做虽然出于好心，可于木偶的康复不利。随后，丽赛抱着木偶，滕德勒先生牵着丽赛，在千恩万谢之下，父女俩便顺着大街，朝打靶场走去。

接着便开始了一段对孩子们来说是最最幸福的时期。丽赛不只第二天下午，而是一连好多天都上我家里来。她固执地请求，直到终于同意了她参加缝自己的新大衣。虽然交给她做的都是一些无所谓的活儿，可母亲说小孩子就该锻炼锻炼。有几次我也坐到她们旁边，给丽赛读一本父亲在拍卖场上买来的魏森的《儿童之友》，她还从来不知道有这种有趣的书，听得高兴极了。"真有意思！"或者"嘿，世界上竟有这等事！"她一边听一边常常发出惊叹，做针线的手便停在了怀里。有时她也仰起头来，用一双聪明的大眼望着我，说："是啊，这些故事真不知编得有多好！"

我仿佛今天还听见她的话音。

讲故事的人沉默了。在他那富于男性美的脸上，洋溢着一种宁静而幸福的表情，好似他方才所讲的一切虽已成为往事，却并未丧失。

过了一会儿，他又讲起来。

我的功课在那一段时间是做得再好不过了，因为我感觉到，父亲的眼睛比以往更加严厉地监视着我，我只能以加倍努力为代价，才能换得与这些木偶戏艺人交往的权利。

　　"是些可敬的人啊，这滕德勒一家！"一次我听见父亲说，"裁缝旅店的老板今天腾给他们一间更像样的房间，他们每天早上都准时清账。只是，那老头子说，他们要的吃的却少得可怜。而这个嘛，"我父亲补充说，"却使我比旅店老板更喜欢他们，他们可能在省钱以备急需，其他的流浪艺人可不是这样。"

　　我多高兴听见人家称赞我的这些朋友们呀！是的，他们都是我的朋友，就连滕德勒太太现在也从她那意大利大草帽底下亲切地向我点头，当我晚上从她的售票口旁边——我已不需要票——溜进大厅里去的时候。每天中午我放学回来才跑得叫快哩！我知道，在家里一定能碰见小丽赛，她要么在母亲厨房里帮着做些这样那样的小事，要么坐在花园里的长凳上读书或者做针线什么的。不久，我也把她争取来当了我的帮手，在我觉得已经把事情的奥妙了解得差不多以后，便决心一不做二不休，也要建立一个自己的木偶剧团。首先我开始雕刻木偶，滕德勒先生的小眼睛里闪着善良而俏皮的光芒，给我以挑选木料和刻刀方面的指点与帮助。没过多久，从一块木头板子里确确实实也诞生出了一个卡斯佩尔似的大鼻子。然而，那小丑穿的黄布大褂我却很不感兴趣，因此，丽赛必须用又去找老加布列尔要来的碎布头儿，缝制各式滚金镶银的小斗篷小短袄，以备将来让上帝知道的其他那些木偶穿戴。老亨利也时不时地从作坊里来我们这儿看看，他衔着一根短烟袋，是我父亲的伙计，从我记事之日起就在我们家里了。他从我手里夺过刻刀，三下两下就使这儿那儿有了个样子。可是我想入非非，甚至对滕德勒那位卡斯佩尔也不感到满足。我还要创造一些崭新的东西。我为我的木偶想出三个从未有过的、灵活至极的关节，使它的下巴能左右摇摆，耳朵能来回移动，下嘴唇能上下开合。喏，它最后要不是由于关节太多而未出世就早早夭折了的话，准会是个闻所未闻的大好佬哩。而且非常遗憾，不论是普法尔兹伯爵西格弗里特，还是木偶戏中的任何别的英雄，都未能经我之手得到愉快的新生。对于我来说，比较成功的是建造了一个地下室。天气冷的日子，我和丽赛坐在里边的小板凳上，借着从装在头顶上的一块玻璃透进来的微光，我给她念魏森的《儿童之友》中的故事，这些故事，她真是百听不厌。同学们因此讥讽我，骂我是女孩子的奴隶，怪我老跟木偶戏子的女儿混在一起，不再和他们玩耍。我才不管他们哩。我知道，他们这么讲只是由于嫉妒，可有时把我惹急了，我也会很勇敢地挥起拳头来的。

然而生活里的任何事情都有个期限。滕德勒一家的全部剧目已经演完，打靶场的木偶戏台拆掉了，他们又做好了继续上路的准备。

于是，在十月里一个刮大风的午后，我就站在城外的一处高高的土丘上，目光哀戚地一会儿瞅瞅那向东通往一片荒凉旷野的宽阔的沙石路，一会儿充满期待地回首张望，瞧瞧那在低洼地中烟笼雾罩着的城市。瞧着瞧着，一辆小小的敞篷车就驶过来了，车上放着两口高高的箱子，车辕前套着一匹活泼的棕色小马。这次滕德勒先生坐在前面的一块木板上，他身后是穿着暖和的新大衣的丽赛，丽赛旁边是她母亲。我在客栈门前已经和他们告过别，可随后我又赶在前面跑到了城外，以便再看看他们所有的人，并且已经得到父亲同意，准备把那本魏森的《儿童之友》送给丽赛作为留念。此外，我还用自己节省下来的零花钱为她买了一包饼干。

"等等，等等！"我高叫着冲下土丘。

滕德勒先生拽住缰绳，那棕色小马便站住了。我把自己小小的礼品给丽赛递到车上去，她把它们放到了旁边的座位上。可是，当我与她一句话也说不出来地把四只手紧紧握在一起的一刹那，我们两个可怜的孩子便哇的一声哭出来了。这当口滕德勒先生却猛一挥鞭。

"别了，孩子！要乖乖的，代我感谢你的爸爸妈妈！"

"再见！再见！"丽赛大声喊着。小马开始迈步，它脖子底下的铃儿又叮当叮当响了起来。我感觉到她的小手从我手里滑出去了。就这样，他们又继续漂泊，在那广阔而遥远的世界上。

我重新爬上路旁的高丘，目不转睛地遥望着在滚滚尘土中驶去的小车。铃儿的叮当声越来越弱。有一会儿，我还看见在木箱中间有一块白色的头巾在飘动。最后，一切都渐渐消失在灰色的秋雾中。这当儿，一种像是死的恐怖似的感觉突然压在我心上：你再也见不到她啦，再也见不到！

"丽赛！丽赛！"我大声喊叫起来。

可是毫无用处。也许是由于转弯的缘故吧，那个在雾气中浮动的小黑点完全从我视线中消失了，这时我便疯了似的，顺着大路拼命追去。狂风刮掉了我头上的帽子，靴筒里也灌满了沙，我跑啊跑啊，可是能见到的只有一棵树也不长的荒凉的旷野，以及罩在旷野上的阴冷的灰蒙蒙的天空。

薄暮时分，当我终于回到家里时，我的感觉是城里的人仿佛已全部死绝。这，就是我平生所尝到的第一次离别的滋味儿。

此后的一些年，每当秋天又来到，每当候鸟又飞过我们城市的花园上空，每当对面的裁缝旅店跟前的那些菩提树又开始飘下黄叶，这时节我便会常常坐在我家门外的长凳上，心里想着，那辆由棕色小马拉着的敞篷车终于又会像当初一样，顺着大街，丁零丁零地从下边爬上来了吧。

然而我白白地等待，丽赛她没有回来。

十二年过去了。像当时的许多手艺人的儿子一样，我先在数学专科学校结了业，然后又在正规中学读完三年级，末了就回家跟自己父亲当了徒弟。这段时间，我一边学手艺，一边还读了不少好书。现在，又经过了三年的漫游，我终于落脚在德国中部的一座城市里。城里的人笃信天主教，在信仰这个问题上，他们是一点儿不懂得开玩笑的。当他们唱着赞美诗、举着圣像在街上游行过来的时候，你要不自动脱下帽子，他们就会给你把帽子打脱。除此而外，他们倒都是些好人——我帮工的师母是位寡妇，她的儿子也在外地干活儿，为的是取得行会规定的漫游三年的资格，好将来申请当师傅。我在这个家里过得挺不错，她希望人家在外地怎么待她儿子，她就怎么待我。不久，我们相互之间已如此信任，营业几乎全掌管在我的手中。如今，我们的约瑟夫又在她儿子店中工作，他写信来讲，老太太经常如此娇惯他，就像祖母对自己亲生的孙子一样。

喏，在一个礼拜天的午后，我和师娘坐在起居室里，起居室的窗户正对着前面一所大监狱的正门。那是在一月里，气温表降到了零下二十摄氏度。外面街上一个人也没有，不时地还从附近的山里刮来呼呼的寒风，把小冰块卷得在铺着石块的路面上乱滚，发出咔啦咔啦的声音。

"这会儿能坐在暖和的房间里，喝杯热咖啡是够惬意的。"师娘说，同时给我满满地斟了第二杯热咖啡。

我踱向窗口。我的思想已飞回故乡，但不是飞到我的亲人身旁，我在那儿已没有亲人，我已尝够了生离死别的滋味儿。我的母亲还容我最后亲手替她老人家合上眼睛，几个礼拜前我的父亲也去世了，在当时来说是相隔那么遥远的情况下，我甚至没能回去替他老人家送葬。但是，父亲的工场还等着游子去接管。虽说老亨利还健在，并且得到行会师傅们的同意可以把营业继续维持一段时间，再说我自己又答应过师娘，要再坚持几个礼拜等她的儿子回来才走，可是，我的内心再也得不到平静，父亲的新坟不容我继续滞留在异地。

从街对面传来的厉声呵斥，打断了我的思路。我抬起头，看见监狱的门开了一道缝，看守人那张害肺痨病的脸从门缝中探了出来，他正举起拳头，吓唬一个年轻女子。这女子似乎不顾一切，拼着命想挤进那平常是令人望而生畏的房子里去。

"准是有个亲人在里边，"师娘从她的靠椅上同样看清了眼前的情况，说，"可对面那老坏蛋没有心肝。"

"他不过只是尽他的职责罢了。"我说，脑子里仍然想着自己的心事。

"这样的职责咱可不想尽。"师娘顶了我一句，几乎有些生气地倒在椅背上。

这时候对面监狱的门已经关死了，那个年轻女子肩上只披着一件短翘翘的小大衣，头上裹着一块黑头巾，正沿着结了冰的街道慢慢走去。师娘和我都待在自己的位子上、默然无语，我相信——要知道我现在也动了恻隐之心——我们两个都感到必须给人家帮助，只是又不知道该怎么办才好。

我正准备离开窗口，那女子又从街上走回来了。她停在监狱门前，一只脚已经犹犹豫豫地踏到了联结着门槛的石阶上，可随后她一扭头，我便看见了一张年轻的脸，一双黑色的眼睛，这眼睛正带着孤苦无告的神色，扫视着空无一人的街道。她似乎到底鼓不起勇气，再去对抗那狱吏的气势汹汹的拳头。慢吞吞地，她又朝前走了，一边走一边还不住地回过头来看那紧闭着的大门，显而易见，连她自己也不知该走向何方。当她转过监狱的墙角，折进通往上边那座教堂的小街的时候，我情不自禁地摘下门后挂钩上的帽子，跟着她追去。

"嗯，嗯，保罗森，这样做就对啦！"我好心的师娘说，"只管去吧，我这就来热咖啡！"

我走出房子，外面真是冷得要命，周围死气沉沉。在大路顶头处耸峙着的山峰上，黑压压一片枞树林俯视着城市，看上去煞是可怕。大多数房屋的窗上都结着冰凌，要知道，并非所有人都像我师娘那样，在家里存着大堆大堆的木材啊。我顺着小街走向教堂广场，在那儿的大木头十字架跟前结了冰的土地上，跪着那个年轻女子，低垂着脑袋，双手按在怀中。我沉默无语地走过去，当她抬起头来仰望着耶稣基督血污的脸时，我才说：

"请原谅，我打断了您的祷告，可您大概不是本地人吧？"

她只点了点头，没有改变姿势。

"我想帮助您，"我又开了口，"您只管告诉我，您打算上哪儿去！"

"我也不知道该上哪儿去。"她声音喑哑地说，说完又低下了头。

"可再过一小时天就黑了，这样的鬼天气，您是不能再待在大街上的！"

"仁慈的主会帮助我。"我听见她低声说。

"是的，是的，"我提高了嗓门，"我差不多相信，我就是他派来帮助您的！"

仿佛是我响亮的嗓音惊醒了她，只见她站起身来，迟疑地走向我，她伸长脖子的脸慢慢地朝我的脸靠近，两道目光盯在我脸上，好像要用它们把我钉住似的。

"保罗！"她突然大叫一声，这声音就如从心底里发出来的纵情欢呼。"保罗！是的，是仁慈的主派你来帮助我的！"

我真叫有眼无珠啊！我竟又见到了她，我儿时的伴侣，那个演木偶戏的小丽赛！自然，她眼下已成长为一位窈窕美丽的少女，在她童年时总是笑吟吟的脸上，最初的欢乐的光辉消逝以后，如今只留下了深深的愁苦。

"你怎么一个人到这儿来的？"我问，"出了什么事？你的父亲在哪里？"

"在监狱里头，保罗。"

"你父亲，那个善良的人！不过先跟我走，我在当地一位厚道的太太家里当帮工，她知道你，我常常对她讲你的事。"

接着，我们手拉着手，就像儿时一样，向着我好心的师娘家走去，她从窗户里已经看见我们。

"这就是丽赛！"我在跨进房间时大声说，"您想想，师娘，丽赛啊！"

好心的老太婆在胸前合起掌来。

"仁慈的圣母玛利亚啊，保佑我们吧！丽赛！原来她像这个样子！可是，"她继续说，"你和那个老坏蛋有什么关系？"她抬起手来指着对面的监狱，"保罗森可是告诉过我，你是诚实人家的孩子哟！"

不过话音未落，她早拉着姑娘进了里屋，把她按在靠椅上坐下，在丽赛开始回答她的问话的同时，她就已经把一杯热腾腾的咖啡递到姑娘嘴边。

"快喝点儿，"她说，"先定定神，瞧你的小手都完全冻僵啦。"

丽赛只得先喝，在喝的时候两颗晶莹的泪珠滴到了杯子里，随后老太太才允许她讲话。

现在她已不像当初和适才孤苦无告时那样讲家乡土语，家乡话的影响在她已所剩不多，因为她父母亲尽管没再到咱们滨海地区来，却多半仍在德国中部一带停留。几年前母亲已经死了。"别抛下你的父亲！"她临终时还挨着女儿的耳朵嘱咐，"他那颗心好得像个孩子，在这个世界上是混不下去的啊！"

回忆到这儿丽赛又痛哭起来，老太太重新替她斟满咖啡，想以此止住她的眼泪，她却一点儿不肯喝。过了好一会儿，她才能继续往下讲。

母亲死后，她的第一个任务就是接替死者，跟父亲学习在木偶戏中扮演女角。这期间，还得张罗着为母亲举行葬礼，做头一批安魂弥撒。事毕，父女二人便抛下亲人的新坟，重新踏上旅途，照常去全国各地演他们的戏：《失踪了的儿子》《圣女格诺维娃》以及其他等剧目。

昨天，他们就这么走进了一座有教堂的大村子，在那儿作午间休息。父女二人吃过简单的午餐以后，滕德勒就倒在桌边一条硬邦邦的长凳上，酣睡了半小时，丽赛这时则在外边喂他们的马。少顷，他们又身上裹着毛毯，冒着严寒，重新上了路。

　　"可我们没走多远，"丽赛讲道，"从后面村子里就赶来一个骑马的警察，冲着我们大喊大叫，说是酒店老板柜台里的一包钱被人偷走了，而当时唯有我那无辜的父亲在房里！唉，我们远离故乡，没有亲友，没有荣誉，谁都不认识我们！"

　　"孩子，孩子，"师娘说，同时向我招手示意，"快别讲这些造罪的话！"

　　可是我没吭声，丽赛的抱怨并非没有道理。他们不得不返回村里去，马车和车上装的东西全给村长扣下了，老滕德勒还奉命跟随骑着马的警察，步行到城里投案去。尽管警察一再地驱赶她，丽赛仍远远地跟在后面，满以为至少可以陪父亲蹲蹲大牢，直到仁慈的上帝使真相大白。谁料人家却认为她没有嫌疑，监狱的看守理所当然地把硬往里钻的姑娘拒之门外，因为她丝毫没有在他那所房子里栖身的权利。

　　丽赛仍然想不通，她说，这个惩罚比真正的小偷将来肯定会受到的所有惩罚都更严重，但是，她马上又补充说，她也并不希望小偷受到多么严重的惩罚，只要她善良的父亲的冤屈能够昭雪就成。唉，他多半是熬不过来了呀！

　　我突然想起，无论对于对面那个老看守，或是对于刑事检察官先生，我都是个少不了的人。他们一个靠我替他维修纺纱机，一个靠我替他磨那把宝贝折叠刀。通过前者，我至少可以去探视关在牢里的人，在后者面前，我至少可以为滕德勒先生出个担保，也许还能促使他加快案子的办理。我请求丽赛忍耐忍耐，自己随即动身到对面的监狱去。

　　害瘫病的老狱吏正在大骂那些无耻的娘儿们，说她们总是没完没了地要求去牢里看自己的贼丈夫或贼老子。可我不准他这么称呼我的老朋友，除非法院"依照法律"加给他这样的称呼，而且我敢保证，此事绝不会发生。终于，在你一言我一语地争论了一阵以后，我们一块儿爬上宽大的楼梯，到了楼上。

在这所古老的监狱里，空气似乎也被囚禁起来了，我一踏进长长的走廊，迎面便扑来一股浊气。走廊两边是门挨着门的单人牢房。在差不多到了顶头的一扇门前，我们停下来，狱吏抖动着一大把钥匙，想要找出需要的一把，门嘎嘎响着开了，我们跨了进去。

在牢房中央，背冲着我们，站着一个瘦小男人。他仰着头，仿佛正在望那透过墙上高高的窗孔俯视着他的一片愁惨的苍天。在他脑袋上，我立刻认出了像短剑般兀立着的头发，只不过，它们也像外边的自然界一样，已经一片雪白。我们进门时，小个子男人转过身来。

"您大概不认识我了吧，滕德勒先生？"我问。

他不经意地瞅了瞅我。"不，亲爱的先生，"他回答，"非常抱歉。"

我说出自己故乡的名字，然后道：

"我就是那个淘气鬼，他当时拧坏了您的奇妙的卡斯佩尔！"

"啊，没关系，一点儿没关系！"他尴尬地应着，样子十分谦卑，"我早已忘记了。"

显然，他没有留神听我的话，而只机械地动着嘴唇，像在自顾自地讲着别的什么似的。

我告诉他，我刚才碰见了他的丽赛，这下子他才瞪大两眼望着我。

"感谢上帝！感谢上帝！"他边说边合起掌来，"是的，是的，小丽赛和小保罗，他俩那会儿在一块儿玩儿来着！——小保罗！您就是小保罗？啊，我完全相信：那活泼的孩子的善良的小脸还没有变！"他激动地点着脑袋，头上短剑般的白发也颤动起来，"不错，不错，我们再没到你们那儿的海边去。当初可还是好时光，我的老婆，伟大的盖塞尔布莱希特的闺女还和我在一起！'约瑟夫，'她总是讲，'人的脑袋上要是也有根提线，你就会对付他们啦！'——要是她今天还活着，人家就不会关我进监狱。你仁慈的主哟，我可不是贼呀，保罗森先生！"

看守在掩着的门前的走廊里踱来踱去，已经哗哗地把钥匙串摇过几次了。我极力安慰老人，要他在过堂时提出让我作证，须知我在这儿是颇有点声誉的。

我一跨进师娘房间，老太太就冲我嚷起来：

"她是个犟丫头，保罗森，我拿她简直没办法。我给她腾过夜的房间，她却非走不可，非要去乞丐收容所或上帝知道的其他什么地方！"

我问丽赛，她有没有带身份证。

"主啊，身份证已经叫村长给收去了！"

"那没有哪个旅店老板会让你进门的，"我说，"这你自己也清楚。"

她当然清楚。师娘于是拉着她的手，高高兴兴地摇着说：

"我琢磨，你该是有自己的头脑的。这个小伙子已经详详细细告诉我，你们曾经怎样一块儿坐在箱子里，我才不会这么轻易让你从我家中走掉哩！"

丽赛困窘地低着脑袋，接着却又性急地、刨根问底地向我打听她父亲的情况。我详细告诉了她，然后向师娘要了几样卧具，再加上自己用的一点，一齐亲自送到对面的牢房中去了——事先，我已得到看守的允许。这样，在夜幕降临的时刻，我们就能祝福我们待在冷清的牢房中的老朋友，祝他躺在温暖的被窝里，枕着世界上最软的枕头，也睡上一个香甜的好觉。

第二天上午，我正出门准备去见刑事检察官先生，监狱看守趿拉着早晨穿的拖鞋就朝着我走来。

"您对了，保罗森，"他用他那中气不足的嗓音说，"这次的确不是贼，真正的贼他们刚刚送来了，您的老头今天就会释放。"

果然，几小时后监狱的大门打开了，老滕德勒被看守喊口令般的声音驱赶着，走到了我们跟前。正是摆午饭的时候，因此师娘在他也坐上桌子以前怎么也安静不下来。但是他对那些上好的饮食几乎碰都没碰，不管师娘怎么使劲儿劝他。他仍旧寡言少语，坐在女儿身边就像心不在焉似的，只是时不时地，我发现他抓起她的手来轻轻地抚摸着。就在此时，门外传来一阵铃儿的叮当声，我对这声音是太熟悉了，听着它，我又回到了遥远遥远的童年。

"丽赛！"我柔声道。

"嗯，保罗，我听见啦。"

041

转眼我俩已站在门外。看啊，它沿着大街慢慢爬上来了，那辆载着两口高高的箱子的小车，就像我在故乡无数次地盼望的那样。一个年轻的庄稼汉走在车旁，手执缰绳和马鞭，只不过，那铃铛儿如今已挂在一匹白色的小马驹脖子上。

"棕色小马哪儿去了？"我问丽赛。

"棕色小马，"丽赛回答，"它有一天倒在了车前，父亲立刻去村里请来了兽医，可它再也没能站起。"说时，泪水从她的眼里掉了下来。

"怎么啦，丽赛？"我说，"现在不是一切又都好了吗？"

她摇摇头。"我不放心我父亲！他那么不声不响，怕是受不了这样的耻辱啊。"

丽赛以她忠实的女儿的眼睛看得不错。他俩一在小客栈里安顿下来，老人就已在作继续上路的打算——他现在不愿再在此地抛头露脸——谁料这工夫却患寒热病起不了床啦。我们不得不马上请来医生，然而病却拖得很长。我担心他们会陷入困境，便把自己的积蓄拿出来帮助丽赛，可她却说：

"你的帮助我乐于接受，不过别担心，我们还没拮据到这种地步。"

我无计可施，只好满足于与她轮流在夜里守护病人，或在晚上他感觉稍好时坐在病榻旁陪他一个半个小时。

如此地我还乡的日期便临近了，而我的心情也随之越来越沉重，甚至看见丽赛我就感到难过。她很快又要跟随父亲流浪到广阔遥远的世界上去。要是他们有个故乡多好！将来叫我到何处去寻找他们呢，如果我想送给他们问候和消息的话！我想到了我们第一次离别后的十二年——难道，又要熬过长长的十二年才能再见，或者到头来永生永世再也见不到了吗？

"请代我问候你的家，当你回到了故乡，"临别的那天晚上，丽赛送我到门口说，"我眼前还看见那所房子，那门前的长凳，那园中的菩提树。啊，我永远不会忘记它们，在世界上我再没有找到过那样可爱的地方！"

当她这样讲着的时候，我仿佛看见我的故乡在黑暗的深渊中对我放射着光明，我仿佛看见了我母亲慈祥的眼睛，我父亲坚毅而诚实的面容。

"唉，丽赛，"我说，"现在哪儿还有我的家哟！人去屋空，满目凄凉啊！"

丽赛没有回答，只让我握着她的手，用自己善良的眼睛望着我。

蓦然间，我仿佛听见了我母亲的声音：

"抓住这只手，带她回去，这样你又有家啦！"

我果真抓紧丽赛的手，说：

"跟我一块儿回去吧，丽赛，让咱俩共同努力，在那现在无人居住的家中开始一种新的生活，美好的生活，就跟那两位你热爱的人所过的生活一个样！"

"保罗，"她大声说，"你是什么意思？我不明白你的话。"

可是，她的手却在我手中剧烈颤抖；我只是恳求她：

"啊，丽赛，理解我吧！"

她沉默了片刻，然后说：

"我不能离开我的父亲哩，保罗。"

"一定让他跟咱们一块儿去，丽赛！在后屋，那儿空着两间房间，他可以居住和工作，老亨利的卧室就在旁边。"

她点点头。

"可是保罗，咱们是流浪艺人，你的那些老乡们会怎么讲呢？"

"他们会大讲特讲，丽赛！"

"难道你不害怕吗？"

我只笑了笑。

"喏，"丽赛说，嗓音清脆得像银铃似的，"要是你都害怕的话，那我更该怕死喽！"

"这么说，你也是乐意的啦？"

"嗯，保罗，如果我这个都不乐意，"她冲我摇着她的黝黑的脑袋，"那，那我永远不会再乐意什么了！"

"孩子，"讲故事的人转开话题道，"你只有再长好几岁，才会慢慢明白，姑娘的一双黑眼睛在说这些话时将怎样望着你！"

"不错，不错，"我心里想，"特别是那样一双能把湖水烧干的眼睛！"

"喏，不是吗，"保罗森又开始说，"现在你也肯定知道，谁是丽赛了吧？"

"保罗森太太！"我回答，"好像我没有先见之明似的！可她讲话总还带点儿南方口音，细细的眉毛底下一双眼睛仍旧漆黑漆黑的啊。"

我的大朋友笑起来，我却暗自决定，在回房去时要好好注意一下保罗森太太，看还能不能在她身上认出那个演木偶戏的丽赛来。

"可是，"我问，"那位滕德勒老先生又到哪儿去了呢？"

"我亲爱的孩子，他已去了我们大家最终都要去的地方，"我的朋友回答，"在那边的绿色墓地里，他与我们的老亨利并排安息在一起；不过，随他进坟墓的还有另外一位，还有我童年时代的一个小朋友。我很乐意给你讲，只是咱们得再走开点儿，我妻子有可能正好来找咱们，而这件事我不愿让她再听见。"

保罗森站起来，我们于是信步走去，来到了花园背后的环城林荫道上。我们只遇见很少的人，眼下已是晚饭的时候。

你瞧，孩子——保罗森又开始讲他的故事——老滕德勒当时对我和丽赛的婚约非常满意，他怀念和他相识的我的双亲，他对我也怀着信任。再说，他也厌倦了流浪生活。是的，自从他感到有被人混同于那种堕落下流的游民无赖的危险以后，他心里便越来越渴望有个安定的家。我好心的师娘却表示不赞成。她担心，一个四处流浪的木偶戏艺人的女儿即便再愿意，也成不了一个有根有基的手工业者的般配的妻子。——喏，如今我的师娘她早已不这么想啦。

一个礼拜以后，我就回到了这里，我从山区回到了海边，回到了自己的故乡。我和亨利狠抓了一下营业，同时为约瑟夫老爹布置好了后屋中那两间空着的房间。又过了两个礼拜，正值园子里的春花开始飘香的时节，从下面街上便传来了铃儿的叮当声。"师傅，师傅，"老亨利叫着，"他们来啦！他们来啦！"接着，那辆载着两口高高的木箱的小马车便站在我家门前。丽赛来了，约瑟夫老爹也来了，两人都眉开眼笑，满脸红光。整个的木偶戏行头都跟他们一起搬进了我家里，因为有过明确协议，这些东西必须陪伴约瑟夫度过晚年。反之，小马车不几天就卖了。

随后我们举行了婚礼，不过气氛冷清清的，我们在城里再没其他亲戚，只有我的老同学码头总监在场做证婚人。丽赛和她的父母一样信奉天主教，可是我们从未想到这会对我们的婚姻有妨碍。头几年她大约还去一座邻近的城市进行复活节的忏悔，在那儿有个天主教教区你是知道的，到了后来，她就只向自己的丈夫吐露自己的心事了。

新婚后的第一个早上，约瑟夫老爹放了两个口袋在我面前的桌子上，大的一个口袋里装的是哈尔茨矿区铸的银币，小的一个口袋里装的是克莱姆尼茨地方铸的金元。

"你从来没问过，保罗，"老爷子说，"可咱们丽赛并不是穷得连一点儿陪嫁也没有的！再说，我反正也用不着。"

这就是我父亲当初曾说过的积蓄，现在，当他儿子重新开业的时候，这钱来得正是时候。自然，我岳父是把自己的全部财产都交出来了，从此就指望着孩子们的关照，不过，尽管如此他仍闲不住，而是重新找出了自己的刻刀，在作坊里帮着干些活儿。

木偶们连同全套舞台道具，都存放在厢房顶楼的一个贮藏室内。只有礼拜天下午，他才一会儿把玩这个，一会儿把那个拿进他的小房间，整理它们的提线和关节，擦拭擦拭，或者把什么地方修理一下。这时候老亨利常常衔着短烟袋站在旁边，听他讲木偶们的故事。而木偶差不多是个个都有自己特殊的遭遇的。不是吗，现在已经知道，那个雕刻得十分可爱的卡斯佩尔，当初在丽赛的爸爸向妈妈求婚的时候，还为自己年轻的制作者当过媒人哩。为了使某些场面更加生动具体，老爷子讲着讲着就动起提线来。我和丽赛往往也站在院坝中，透过葡萄藤荫蔽着的窗户往房里窥视，可里边的两个老小孩儿多半玩得忘乎所以，非得等我们情不自禁地鼓起掌来，才会发现我们这些观众的存在。

过了一年，约瑟夫老爷又找到了别的事来干。他把整个花园都管了起来，栽花种树，收获果实。礼拜天，他总穿得干干净净地在花坛间踱来踱去，一会儿修剪蔷薇丛，一会儿给丁香和紫罗兰绑上亲手削制的小撑木。

　　我们生活得和和美美，心满意足，我的营业也一天好似一天。对于我们的婚事，故乡的好人们热热闹闹地谈论了几个礼拜，可是正由于众口一词地认为我这样做是发了疯，没有持不同意见的，失去了火上浇油的对立面，谈着谈着也就没劲儿了。

　　接着又是冬天，约瑟夫老爹在礼拜日重新从顶楼的贮藏室里把他的木偶搬了下来。我想过，往后的一些年头他就会这么安安静静地，在时而种种花草时而玩玩木偶中度过吧。不料有一天早上，我正一个人坐在起居室吃早餐，老人家却表情异常严肃地走了进来。

　　"女婿，"他用手一连挠了好多次他那短剑般竖着的白发，终于尴尬地说，"我可不能老是这么眼睁睁地在你们家白吃饭呀！"

　　我闹不清他的意图何在，但仍问他为什么会产生这样的想法，他不是也在作坊中帮忙吗？我的营业现在有了更多赢利，不也主要是他在我婚后的那天早上交给我的钱所生的利息吗？

　　他摇摇头，说这一切都不够，何况那笔小小的财产的一部分还是他当初在我们城里赚的，眼下行头还在，所有的剧目也仍然记在他的脑子里。

　　我这才明白过来，是那个老木偶戏艺人不让他安静，他已不能满足于仅仅有他的朋友老亨利这一个观众，他必须再次在聚集起来的众多的人面前，演出他的节目。

　　我努力劝阻他，可他老是不肯罢休。我和丽赛商量，临了儿到底不得不依了他。老头子自然最希望不过的是丽赛仍像婚前一样地在剧中演女角，但是我和丽赛商量好，装作听不懂他的暗示。要知道，对于一位市民和手工业师傅的妻子来说，那是万万不行的。

　　幸好——或者你也可以说：不幸——当时城里有一个名声挺不错的女人，她曾经在剧团里唱过词，所以对这档子事并非毫无经验。这个因为腰肢佝偻而被人叫作驼背小丽丝的女人，马上接受了我们的聘请。紧跟着，每当夜晚和礼拜天的下午，约瑟夫老爹的小房里便闹腾开了。在一扇窗前，是老亨利在钉舞台的支架。在另一扇窗前，老木偶戏艺人站在从天花板上挂下来的景片之间，正与驼背小丽丝一幕一幕地排戏。每次排练后他总是说，驼背丽丝这个娘儿们机灵极啦，甚至丽赛也学得不如她快。只是她唱起歌来不怎么样，瓮声瓮气的嗓子总是提不高，要演必须唱歌的美丽的苏珊娜就别扭。

终于决定了公演日期。这次一切都要尽可能讲究点儿，场子不再是打靶场，而是过米伽勒节时举行中学生演讲比赛的市政厅。再有礼拜六下午我们的好市民们在打开自己刚收到的小小的周报时，一则大字广告就会跳进他们的眼帘：

"明日，星期六晚上七时，在市政厅，机械师约瑟夫·滕德勒亲自演出带歌唱的四幕木偶剧：《美丽的苏姗娜》。"

然而，当时在我们城里，生活着的已不是我童年时代那些善良而好奇的青年了。这期间已经历过所谓哥萨克的冬天，在手工业学徒中间尤其滋长了一种恶劣的放荡不羁的习气，就连当年可敬的市民中的木偶戏爱好者，如今也已把心思用到了别的事情上。可尽管这样，要是没有那个黑铁匠和他的儿子们在场，一切也许仍然会顺顺当当。

我问保罗森，黑铁匠是谁，我怎么在城里从未听人谈起过这个人。

这我相信——保罗森回答说——黑铁匠几年前已经死在收容所里啦。不过当时他还和我一样是师傅，人倒不笨，就是工作和生活方面同样都吊儿郎当，白天挣的钱晚上便喝酒打牌全部花干净。他对我的父亲已经有仇，不光因为父亲的买主比他多得多，还因为他俩年轻时在一块儿学徒，他由于对我父亲恶作剧而被师傅开除了。从那年夏天起他加倍恨我，因为城里新开了一家织布厂，尽管他拼命地拉生意，修配纺织机的工作还是交给了我一个人。自此，他和他的两个儿子便不放过任何发泄自己怨恨的机会，对我进行种种挑衅。说起他那两个儿子，他们在他那儿学徒，干起坏事来甚至赛过了自己的老子。可我当时却没有心思去顾及这号人。

演出的晚上到来了。我在家里还有些账册需要整理，所发生的事情是事后听我妻子和老亨利讲的，他们俩陪着我岳父一起上市政厅去了。

前排座位上几乎完全没有人，中间也坐得稀稀拉拉的，只有在最后的廊子上才人头挨着人头。当演出面对着这样一些观众开始以后，一上来一切倒也正常。小丽丝记住了自己的台词，念起来顺顺溜溜。可随后却来了那支倒霉的歌！不管她怎么卖力使劲，也没能使嗓音变得柔和一点儿，正

如约瑟夫老爹先前所说，她唱得真是瓮声瓮气的。突然廊子上有人大叫一声："唱高一点儿啊，驼背丽丝！唱高点儿！"当丽丝听从人家的呼喊，拼命去爬那无法达到的高音阶时，大厅中更爆发出阵阵狂笑。

台上的演出停止了，从布景中间传出来老木偶戏艺人颤抖的喊声：

"先生们，我求诸位静一静！静一静！"

与此同时，提在他手里正与美丽的苏珊娜配戏的卡斯佩尔，就像得了痉挛症似的把自己灵巧的鼻子不住地甩来甩去。

于是又引起新的哄堂大笑。

"欢迎卡斯佩尔唱歌！"

"唱俄国歌！《漂亮的敏卡，我得走啦！》"

"卡斯佩尔万岁！"

"不行，要卡斯佩尔的闺女唱歌！"

"是吗，想得妙！她如今已当了老板娘，再不干这营生啦！"

这么又闹了好一会儿。突然扔来一块大铺路石，不偏不倚地直冲着舞台飞去，一下子打中卡斯佩尔的提线，小木偶从老艺人手中滑脱，掉到了地上。

约瑟夫老爹已经忍无可忍，不顾驼背丽丝的恳求，爬到了演木偶戏的台子上。迎接他的是雷鸣般的掌声、笑声、跺脚声。也许，老人家把脑袋伸在布景中，两手狂挥乱舞，发泄着自己的义愤，那样子看上去是够滑稽的吧。

在一片混乱之中，幕布突然落了下来，是老亨利降下了它。

这时候，在家里算账的我也感到某种不安，我并不想说，我已预感着什么不幸，而只是心里忍不住要去看看我的亲人们。

我正准备登上市政厅前的石阶，突然上面一大群人冲着我拥来，叫声笑声乱成一片。

"乌拉！卡斯佩尔完蛋啦！洛特完蛋啦！好戏收场啦！"

我抬头望去，看见上面正是黑铁匠那个儿子的丑脸。他们马上不吱声了，擦着我身边跑出门去。我心中已经明白，罪魁祸首是谁。

到了上边，我发现大厅几乎空了。在后台，我的老岳父完全瘫了似的倒在一把椅子上，手捂着脸。丽赛跪在他面前，见了我便慢慢地站起来，难过地望着我，问：

"喏，你现在还有勇气吗，保罗？"

可是还没等我回答，她已扑过来搂住我的脖子，想必是已经从我的目光中看出，我仍然有勇气吧。

"让咱们坚强地生活在一起，保罗！"她低声地说。

而你瞧，我们不是就凭勇气和诚实的劳动挺过来了吗？

第二天，我们刚起床就发现有人在我们的门上用粉笔写了"木偶戏子波勒"这几个字，显然是来嘲骂我们的，我却不动声色地把它给擦了。后来，当它在公共场所又几次出现的时候，我便发出了坚决的警告。人们知道我是不开玩笑的，从此也就不吭声了。而今给你提起这个绰号的人，想必并没有什么恶意，所以我也不想知道他的名字。

从那天晚上起，我们的约瑟夫老爹就成了另外一个人。我告诉他谁是罪魁祸首，说人家那么干与其说是冲着他，不如说是冲着我的，那么干也没有用处。在未经我们知道的情况下，他很快就把自己的全部木偶送到一个公开的拍卖场，它们一个个在孩子们和收破烂儿的女人的欢呼声中，很便宜地就卖掉了，老爷子再不愿见到他的木偶。可惜，他为此选择的办法却太糟糕。一当春天的阳光再次照进大街小巷，那些卖出去的木偶又一个接一个地从黑暗的内室跑到光天化日下来：这儿一个小姑娘抱着圣女格诺维娃坐在门槛上，那儿一个小男孩正在教浮士德博士骑他的黑猫。有一天，在打靶场附近的一个花园里，普法尔兹伯爵和那只地狱里的麻雀更是并排挂在一棵樱桃树上，充当着吓雀儿的稻草人的角色。我们的老爹看见他的那些宝贝难过得要命，最后几乎不再离开我们的家和园子一步。我看得清楚，他对那么急急忙忙地卖掉木偶已感到内疚。我于是设法把它们中的这个那个赎了回来，交还给他，然而他并不因此感到高兴：整个的班子反正是已经毁啦。不过，够奇怪的是，不管怎么费尽九牛二虎之力，我也打听不出那个在所有木偶中最最珍贵的宝贝儿，那个绝妙的卡斯佩尔，藏到哪个角落里去了。而没有它，全世界的木偶又算得了啥呢！

很快，另一出更严肃的戏剧也落了幕。我们的老爹肺病复发，眼看已

经命在旦夕。他躺在病榻上，非常耐心，对我们任何细小的关照都满怀着感激。

"是啊，是啊，"他微笑着说，高高兴兴地抬起眼来望着天花板，好像能透过它看到遥远的彼岸的那个世界似的，"一点儿不错，我是从来不会对付世人，可到了天上和天使们在一块儿总会好一些，至少，无论如何，丽赛，我也能在那里找到你的母亲。"

善良的孩子般的老人死了，我和丽赛都为失去他而非常难过。老亨利没过几年也步了他的后尘，在他还独自活在世上时，每逢礼拜天下午便漫无目的地走来走去，仿佛想找什么人却又总是找不着似的。

我们用岳父在园子里亲手种的花儿把他的棺木盖起来，花环之多大大增加了灵柩的重量。人们把他的棺木抬到公墓里，那儿靠近围墙已挖好一个墓穴。在棺木放下去后，我们的老牧师就走到墓穴边上，讲了一番安慰和祝愿的话。老牧师一直是先父母的忠实朋友和顾问，我的坚信礼就是他主持的，丽赛和我结婚也请他行的婚礼。在墓地周围黑压压地站满了人，仿佛一位老木偶戏艺人的葬礼也一定有什么特别的热闹好瞧似的。事实上的确也发生了一点儿特别的情况，只不过知者不多，仅有我们站在近旁的人才发现了吧。当老牧师按照风俗操起准备好的铁锹，铲了第一锹从上往下扔的刹那间，从出家门起一直靠在我胳膊上的丽赛突然痉挛地抓住了我的手。土掉在棺木上发出通通地声音。"你是泥土所捏成！"牧师刚刚才念出这一句词儿，我就看见越过众人的头顶，从围墙边上朝我们飞来一个什么东西。我一开始以为是只小鸟儿，可它却很快往下沉，刚好落到墓穴中。由于我站在稍微高一点儿的土堆上，一转头，正好瞅见黑铁匠的一个儿子在公墓的围墙后边蜷下身去，随后便逃跑了，我突然明白发生了什么事。丽赛在我旁边尖叫一声，老牧师再次举起的铁锹也滞留在空中。我往墓穴中一瞧，便证实了自己的猜想：在棺木顶上，在鲜花和土块之间，部分地已经让土盖住了，坐着他，我童年时代的老朋友卡斯佩尔，那位小小的滑稽大王。——不过他眼下样子一点儿不可笑，而是悲哀地把大鼻子垂在胸脯上，举起那条拇指十分灵活的胳膊来指着天空，仿佛要向世人宣告，在世间所有的木偶戏演完以后，那上边就有另一出戏将要开场了。

这一切我也是在一瞬间看见的，牧师的第二锹土跟着就倒了下去："所以你应该再变成泥土！"当土块从棺木上滚下时，卡斯佩尔也从花堆中掉进坑底，被泥土埋起来了。

随后，在铲下最后一锹土时，牧师念出了令人感到安慰的祝愿："愿你能从泥土里获得再生！"

念完"我们的圣父"，人们纷纷散去了，这时老牧师才走到一直还呆呆望着墓坑出神的我和丽赛面前。

"有人没安好心，"他说，同时亲切地拉住了我们的手，"让我们以自己的方式来看待这件事吧！诚如你们对我讲的，死者在自己年轻的时候雕成功这个小小的人儿，并用它为自己争取到美满的婚姻，后来，在自己的一生中，他都用它去使那些工作之余来看戏的人们愉快开心，有时还让这个小丑嘴里说出令上帝和世人一样爱听的至理名言。我自己就曾看过他的演出，在你们还是孩子的时候。现在尽管让这小小的杰作随它的大师去吧，这正应了咱们《圣经》上的话！你俩可以放心，好人都能从自己的辛劳中得到安息。"

这样，我们心情宁静地回到了家，但从此就像再也没见到自己善良的父亲约瑟夫一样，我们也没见到绝妙的卡斯佩尔。

这一切——我的朋友停了一会儿说——都使我们非常难过，但是我们两个年纪轻轻，并未因此就死去。不久以后，我们的小约瑟夫也出世了，我们便有了一个美满幸福的家庭所必需的一切。年复一年地，只有那个黑铁匠的大儿子还使我回忆起这些往事。如今他成了一个永远到处流浪的帮工，破衣烂衫，潦倒堕落，靠同行业的师傅按行会规定给予他这种人的施舍过活，在经过我家时也同样每次都要进来乞讨。

我的朋友不再作声，眼睛盯着墓地上那些大树背后的晚霞出了神；我呢，却早已看见保罗森太太那张亲切的面庞，正探出我们又重新靠近的花园门，在朝我俩张望。当我们向她走去时，她大声道：

"我真想不通！你俩有什么事要商量这么久了快进屋吧！上帝的恩赐已经摆上桌子，码头总监也早等着了，还有约瑟夫和老师娘的信！——

可你干吗这么瞅着我，孩子？"

师傅微微一笑。

"我把一些秘密告诉他了，老婆子。他现在想看看，你是否真的还是那个演木偶戏的小丽赛！"

"嗯，当然是！"她回答，同时含情脉脉地瞅了瞅自己的丈夫，"好好瞧瞧吧，孩子！要是你瞧不出来，这儿的这个人——他可知道得太清楚啦！"

师傅默默地伸过胳膊去搂住她。随后大伙儿就走进屋去，庆祝他俩的结婚纪念日。

他们真是些极好的人啊，保罗森和他那演木偶戏的丽赛！

# 来自大海的电话

## ［日］安房直子

一个用白纸包着的小包寄到了松原家里。

小包的反面，写着几个怪里怪气的字："螃蟹寄"。

松原吃了一惊，打开一看，从里头滚出来一个手掌大小的白色海螺。

有一个人带着吉他去了海边，回来时忘记带回来了。不，那个人说，不是忘记了，是放在那里了。是打算什么时候请它们还回来，所以寄存在大海那里了。

这个人叫松原，是音乐学校的学生。

松原的吉他是才买来的，闪闪发亮的栗色，一拨动琴弦，就会发出像早上的露水滴落下来一般好听的声音。

松原把那把吉他搁在海边的沙滩上，稍稍睡了一个午觉，也不过就是五分、十分钟，不过就打了个盹儿。然后醒过来的时候，吉他就已经坏了，吉他的六根弦，全都断了。

松原说，没有比那个时候更吃惊的事了。

"不是吗？身边连一个人也没有啊！"

是的。那是初夏的、还没有一个人的海边。碧蓝的大海和没有脚印的沙滩，连绵不断。要说在动的东西，也就只有天上飞着的鸟儿了。尽管如此，松原还是试着大声地喊了起来：

"是谁！这是谁干的？"

想不到近在咫尺的地方，有一个非常小的声音说：

"对不起。"

松原朝四周看了一圈，一个人都没有。

"是谁！在什么地方？"

这回，另外一个小小的声音说：

"抱歉。"

接着，许许多多的声音一个接一个地传了过来：

"只是稍稍碰了一下。"

"我们也想玩玩音乐啊！"

"没想把它弄坏。"

"是的呀，只是想弹一下哆来咪发嗦而已嘛。"

松原发火了，发出了雷鸣般的声音：

"可你们是谁啊？"

然而，无论你再怎么大声吼叫，大海也一点儿回声也没有；你再怎么发怒，西红柿颜色的太阳也只是笑一笑，波浪也只是温柔地一起一伏、哗哗地唱着歌而已。

松原摘下眼镜，"哈哈"地吐了口气，用手帕擦了起来。然后，把擦好了的眼镜重新戴上，在沙滩上仔细地寻找起来。

啊！他终于看到了。

坏了的吉他后边，有好多非常小的红螃蟹。小螃蟹们排成一排，看上去就像是在行礼似的。

"实在是对不起。"

螃蟹们异口同声地道歉说。然后，一只一句这样说道：

"怪就怪我们的手上全长着剪刀！"

"真的没想把它弄坏，只是稍稍碰了一下……"

"就是。只是稍稍碰了一下，啪、啪，弦就断了。"

"就是，就是这样。"

"真是抱歉。"

螃蟹们又道了一次歉。

"真拿你们没办法！"松原还在生气。

"说声对不起就行了吗？这把吉他才买来没几天，就是我自己，都还没怎么弹呢！可、可……"

啊啊，一想到它坏成了这个样子，松原就悲伤起来。这时，一只螃蟹从吉他的对面朝松原这里爬了过来，说道：

"一定把它修好！"

"哎！"

松原惊讶地缩了一下肩膀。

"修好？别说大话哟，怎样才能把断了的弦接上呢？"

"让我们来想吧！大家一起绞尽脑汁来想吧！"

"再怎么想，螃蟹的脑汁也……"

松原轻侮地笑了起来。不过，螃蟹那边却是认真的。

"不不，不要瞧不起螃蟹的脑汁。从前，就曾有过螃蟹把快要被撕碎了的帆船的帆缝起来这种让人惊喜的事。"

"可帆船的帆和吉他的弦，不是一码事啊。这是乐器呀，就是修好了，也不可能再发出原来的声音了。"

"是的。关于这一点，请放心吧！我们一个个乐感都非常出众。到您说好了为止，就让我们一直修下去吧！"

"你都这么说了，那我也该回去了！"

松原看了一眼手表，手表正好指向了3点。于是螃蟹说：

"对不起，这把吉他可以暂时留在这里吗？"

见松原不说话，螃蟹就滔滔不绝地说道：

"如果修好了，我们会打电话给您，让您在电话里听一下吉他的调子。如果可以了，您再来取回去。如果声音还不好，我们就再修下去。"

松原目瞪口呆了。

"螃蟹怎么打电话呢？那么小的个头，怎么拨得了电话号码呢？"

只听吉他那边的螃蟹们异口同声地说：

"螃蟹有螃蟹的电话啊！"

螃蟹一脸严肃，好像多少有点儿愤慨的样子。松原本打算再说两句风凉话的，但他打住了，小声说道：

"那么，就留在你们这里试试看吧！"

听了这话，螃蟹们立刻就又高兴了起来。然后，这样说道：

"对不起，到3点喝茶的时间了。我们有特制的点心，请尝一口吧。"

走还是不走呢？松原正想着，螃蟹们已经兴冲冲地准备起茶点来了。

一开始，十来只螃蟹先挖起沙子来，它们从沙子里挖出来一套像过家家玩具一样小的茶具。茶碗还都带着茶托，茶壶也好，牛奶罐也好，糖罐也好，全都是清一色的沙子的颜色。而且，还有贝壳做的碟子。它们刚把这些茶具整整齐齐地摆到干干的沙子上，就有两三只螃蟹不知从什么地方打来了水。好了，这下螃蟹们可就忙开了。

一组螃蟹刚往石头做的小炉灶里加上柴，烧起水，另外一组螃蟹就往沙子里加上水揉了起来，用擀面杖擀了起来，那就和人用面粉做点心一模一样。不，比女人做得要快多了、要漂亮多了。一眨眼的工夫，点心就烤好了，放到了贝壳制成的碟子里。松原瞪圆了眼睛就那么看着。那些小小的点心，有的是星星的形状，有的是船的形状，还有的是鱼的形状和锚的形状。可是，它们真的能吃吗？正想着，两组螃蟹已经兴冲冲地把茶点搬了过来。

"啊，请用，千万不要客气。"

一点儿都没客气啊……松原一边这么想着，一边小心翼翼地夹起了一个星星形状的点心。

"请，请刷地一下放到嘴里，嘎巴地咬一口。"侍者螃蟹说。

松原把点心轻轻地放到了嘴里。

嘴里充满了一股大海的味道。甜得不可思议，爽得不可思议，还有一种沙啦沙啦的干干的齿感——

"啊，做得真不错，非常好吃啊。"

松原这样嘀咕着，咕嘟一口把茶喝了下去。螃蟹们异口同声地说：

"对不起，怠慢您了。"

于是，松原也匆匆低下头：

"谢谢，承蒙款待。"

喏，就是这样，结果松原把吉他搁在了海边。

接着，回到家里，就每天等起电话来了。过了一个多星期，一个用白纸包着的小包寄到了松原家里。小包反面，写着几个怪里怪气的字："螃蟹寄"。松原吃了一惊，打开一看，从里头滚出来一个手掌大小的白色海螺。

"为什么送我这样一个东西呢？"

想了一会儿，突然，螃蟹曾经说过的话在松原的脑海里响了起来：

螃蟹有螃蟹的电话啊。

啊，是这样啊。这么想的时候，海螺中似乎已经传来了一个声音。轻轻地、嘣嘣地响着的那个声音——啊啊，那是吉他的声音。

松原不由得把海螺贴到了耳朵上。和吉他声一起传过来的，不正是海浪的声音吗？

松原想："啊，的确是来自大海的电话。可那把吉他修好了没有呢？有声音了，这至少说明琴弦已经接上了。"不过，松原毕竟是音乐学校的学生，什么也瞒不过他的耳朵。松原把海螺贴到了嘴上：

"还不是原来的声音哟！嘣嘣地响得太厉害了，最粗的一根弦不对！"

他说完，海螺里的音乐一下就停了下来。

"那么下个星期吧！"

听到了螃蟹的声音，通话结束了。


松原连一个星期都等不及了。

一想到海螺电话，不管是上学也好，去打工也好，走在街上也好，都开心得不得了。松原突然觉得，也许比起自己弹吉他，在海螺电话里听螃蟹弹吉他要有意思多了。

就这样，恰好过去了一个星期的那天深夜，从搁在松原枕头边上的海螺里，突然响起了吉他的声音。松原赶忙把海螺贴到了耳朵上。

这回，和着比上回要好得多的吉他的声音，传来了螃蟹的歌声：

"海是蓝的哟，

浪是白的哟，

沙子是沙子颜色的，

螃蟹是红色的，

螃蟹的吉他是栗色的。"

"嘿，作为螃蟹来说，唱得还真不赖呢！"

松原一个人嘟哝道。于是，螃蟹们的合唱戛然而止，传来了那个头领螃蟹的声音：

"喂喂，'作为螃蟹来说，唱得还真不赖'这句话，听起来可不舒服啊。"

"那么该怎么夸你们呢？"

"像什么'比谁唱得都好啦''世界第一啦'这样的话。"

"那不是太自以为了不起了吗？如果想成为世界第一，那还要练习才行。吉他弹得还不行啊！"

"是吗……"

螃蟹嘟嘟囔囔地说：

"我们已经尽全力在保养吉他了！用细细的沙子擦拴弦的眼儿，借着月光精心地打磨。"

"……"

这时，松原突然想起了什么，他想起了螃蟹的剪刀。于是他大声地说：

"喂，不是奇怪吗？你们那长着剪刀的手一磨琴弦，琴弦不是又断了吗？"

只听螃蟹清楚地回答道：

"不，我们全都戴着手套呢！"

"手套！"

松原吃了一惊。螃蟹比想象的要聪明得多呢！

螃蟹得意地继续说：

"是的。现在，我们就全都戴着绿色的手套在弹吉他。是用裙带菜特制的手套，戴在手上正合适，戴着它弹乐器，真是再好不过了。我们后悔得不得了，怎么一开始没戴手套呢？要是戴了，那天也就不会把您的吉他给弄坏了！"

"是吗……"

松原算是服了，于是，情不自禁地说出这样一句话来：

"既然这样，就暂时先把吉他寄存在你们那里吧！我眼下特别忙，去不了海边。"

"真、真的吗？"

螃蟹们一齐嚷了起来，仿佛已经高兴得按捺不住了。

"嗯，是真的。你们再研究一下吉他的高音吧！合唱时要注意和声，对了，常常给我打电话。"

说完，松原放下了白色的海螺。然后，用手帕把海螺一卷，珍爱地藏到了抽屉里。

松原想，我要把这个海螺当成自己的宝贝。


"瞧呀，就是它呀，就是这个海螺呀！"

松原常常让人看这个海螺，但是，这个海螺只是里面透着一点儿淡淡的粉红色，听不见螃蟹合唱的声音、吉他的声音和海浪的声音。不管怎样把海螺贴到耳朵上，别人就是听不到任何声音。

也许，这是一只唯有吃过那沙子点心的人才能听到声音的海螺。

# 夜　渔

## 沈从文

这已是谷子上仓的时候了。

年成的丰收，把茂林家中似乎弄得格外热闹了一点。在一天夜饭桌上，坐着他四叔两口子、五叔两口子、姨婆、碧霞姑妈同小娥姑妈，以及他爹爹。他在姨婆与五婶之间坐着，穿着件紫色纺绸汗衫。中年妇人的姨婆，时时停了她的筷子为他扇背。茂儿小小的圆背膊已有了两团湿痕。

桌子上有一大钵鸡肉，一碗满是辣子拌着的牛肉，一碗南瓜，一碗酸粉辣子，一小碟酱油辣子，五叔正夹了一只鸡翅膀放到碟子里去。

"茂儿，今夜敢同我去守碾坊吧？"

"去，去，我不怕！我敢！"

他不待爹的许可就忙答应了。

爹刚放下碗，口里含着那支"京八寸"小潮丝烟管，呼地喷了一口烟气，没说什么。那烟气成一个小圈，往上面消失了。

他知道碾子上的床是在碾坊楼上的，在近床边还有一个小小窗口。从窗口边可以见到村子里大院坝中那株夭矫矗立的大松树尖端，又可以见到田家寨那座灰色石碉楼。看牛的小张，原是住在碾坊，会做打笼装套捕捉偷鸡的黄鼠狼，又曾用大茶树为他削成过一个两头尖的线子陀螺。他刚才又还听到五叔说溪沟里有人放堰，碾坝上夜夜有鱼上罾了……所以提到碾坊时，茂儿便非常高兴。

当五叔同他说去守碾坊时，他身子似乎早已在那飞转的磨石边站着了。

"五叔，那要什么时候才去呢？……我不要这个……吃了饭就去吧？"

他靠着桌边站着，低着头，一面把两支黑色筷子在那画有四个囍字的小红花碗里扒饭进口里去。左手边中年妇人的姨婆，捡了一个鸡肚子朝他碗里一掼。

"茂儿，这个好呢。"

"我不要。那是碧霞姑妈洗的……不干净，还有——糠皮儿……"他说到糠字时，看了他爹一眼。

"你也是吃饱了！糠皮儿在哪里？……不要，就送给我吧。"

"真的，不要就送给你姑妈。我帮你泡汤吃。"五婶说。

茂儿把鸡肚子丢到碧霞碗里去。他五婶却从他手里抢过碗去倒了大半碗鸡汤。但到后依然还是他姨婆为他把剩下的半碗饭吃完。

天上的彩霞，做出各样惊人的变化。满天通黄，像一块奇大无比的金黄锦缎；倏而又变成淡淡的银红色，稀薄到像一层蒙新娘子粉脸的面纱；倏而又成了许多碎锦似的杂色小片，随着淡淡的微风向天尽头跑去。

他们照往日一样，各据着一条矮板凳，坐在院坝中说笑。

茂儿搬过自己那张小小的竹椅子，紧紧地傍着五叔身边坐下。

"茂儿，来！让我帮你摩一下肚子——不然，半夜会又要嚷肚子痛。"

"不，我不胀！姨婆。"

"你看你那样子。不好好推一下，会伤食。"

"不得。（他又轻轻地挨五叔）五叔，我们去吧！不然夜了。"

"小孩子怎不听话？"

姨婆那副和气样子养成了他顽皮娇恣的性习。不管姨婆如何说法，他总不愿离开五叔身边。到后还是五叔用"你不听姨婆话就不同你往碾坊"为条件，他才忙跑到姨婆身边去。

"您要快一点儿！"

"噢！这才是乖崽！"姨婆看着茂儿胀得圆圆的像一面小鼓的肚子，用大指蘸着唾沫，在他肚皮上一推一赶，口里轻轻哼着："推食赶食……你自己瞧看，肚子胀到什么样子了，还说不要紧！……今夜吃太多了。推食赶食……莫挣！慌什么，再推几下就好了……推食赶食……"

院坝中坐着的人面目渐渐模糊，天空由曙光般淡白而进于黑暗……只日影没处剩下一撮深紫了。一切皆渐次消失在夜的帷幕下。

在四围如雨的虫声中，谈话的声音已抑下了许多了。

凉气逼人，微风拂面，这足以证明残暑已退，秋已将来到人间了。茂儿同他五叔，慢慢地在一带长蛇般黄土田塍上走着。在那远山脚边，黄昏的紫雾迷漫着，似乎雾的本身在流动又似乎将一切流动。天空的月还很小，敌不过它身前后左右的大星星光明。田塍两旁已割尽了禾苗的稻田里，还留着短短的白色根株。田中打禾后剩下的稻草，堆成大垛大垛，如同一间一间小屋。身前后左右一片繁密而细碎的虫声，如一队音乐师奏着庄严凄清的秋夜之曲。金铃子的"叮——"像小铜钲般清越，尤其使人沉醉。经行处，间或还听到路旁草间小生物的窸窣。

"五叔，路上莫有蛇吧？"

"怕什么。我可以为你捉一条来玩儿，它是不会咬人的。"

"那我又听说乌梢公同烙铁头（皆蛇名）一咬人便准毒死。这个小张以前同我说过。"

"这大路哪来乌梢公？你怕，我就背你走吧。"

他又伏在他五叔背上了。然而夜枭的喊声，像一个人在他背后咳嗽，依然使他不安。

"五叔，我来拿麻藁。你一只手背我，一只手又要打火把，实在不大方便。"他想若是拿着火把，则可高高举着，照着一切。

"你莫拿，快要到了！"

耳朵已听到碾坊附近那个小水车咿咿呀呀的声响了。

碾坊那一点小小的红色灯火，已在眼前闪烁，不过，那灯光，还只是天边当头一颗小星星那么大小罢了！

转过了一个山嘴，溪水上流一里多路的溪岸通通出现在眼前了。足以令他惊呼喝嚷的是沿溪有无数萤火般的小火星在闪动。隐约中更闻有人相互呼唤的声音。

"咦！五叔，这是怎么了？"

"嗨！今夜他们又放鱼！我还不知道。若早点儿，我们可以叫小张把网去整一下，也好去打点儿鱼做早饭菜。"

……假使能够同到他们一起去溪里打鱼，左手高高地举着通明的葵藁或旧缆子做的火把，右手拿一面小网，或一把镰刀，或一个大篾鸡笼，腰下悬着一个鱼篓，裤脚扎得高高到大腿上头，在浅浅齐膝令人舒适的清流中，溯着溪来回走着，溅起水点到别个人头脸上时——或是遇到一尾大鲫鱼从手下逃脱时，那种"怎么的！……你为甚那么冒失慌张呢？""老大！得了，得了！……""啊呀，我的天！这么大！""要你莫慌，你偏偏不听话，看到进了网又让它跑脱了……"带有吃惊、高兴、怨同伴不经心的嚷声，真是多么热闹（多么有趣）的玩意儿事啊！

茂儿想到这里，心已略略有点儿动了。

"那我们这时要小张转家去取网不行吗？"

"算了！网是在楼上，很难取并且有好几处要补半天才行。"五叔说，"左右他们上头一放堰坝时，罾上也会有鱼的。我们就守着罾吧。"

关于打鱼的事，五叔似乎并不以为有什么趣味，这很令不知事的茂儿觉得稀奇。

# 朱特的一家

## 节选自《一千零一夜》

从前，有个商人叫哈迈。他有三个儿子，老大叫萨勒，老二叫莫约，最小的叫朱特。哈迈辛辛苦苦把三个儿子拉扯大，但他对小儿子朱特过分疼爱，结果朱特遭到两个哥哥的嫉妒。

哈迈老了，看到两个哥哥歧视小儿子，生怕自己死后，小儿子会受欺负，为此，他邀请族人、法官和一些德高望重的人，拿出自己的钱物摆在他们面前，说道：

"请各位按照法律规定，将这些财物分为四份吧。"

大家遵照他的嘱咐，把财物分出来。

哈迈把其中的三份分给三个儿子，自己留下一份，以资养老。然后，他说道："我把我的全部财产都分给他们了，从此我不欠他们什么，他们兄弟之间也不存在什么厚此薄彼。我活着时把财产分给他们，是为了避免我死后，他们为遗产而吵闹。我自己的这份养老金，将用来维持我老伴儿的生活。"

不久之后，哈迈死了。

由于对财产的分配不满，老大和老二一同去找朱特的麻烦，要他再交出一些财物。他们对他说："父亲的财产全都给了你。"

于是兄弟之间争吵不休，以至告上了法庭。当日分家在场的人都到庭作证，法官根据事实，制止了朱特两个哥哥的勒索。官司打下来，朱特和他的两个哥哥都花了钱，谁也没占到便宜。

过了不久，朱特的两个哥哥又去告发他。为了打官司，双方又花了不少冤枉钱。

官司没赢，朱特的两个哥哥始终不甘心，老想夺走他的财产。他们开始走歪门路，出钱贿赂贪官污吏。朱特也疲于应付，老是陪着花冤枉钱。弟兄三人的钱财一天天地落到贪官污吏手中，终于都变成了穷光蛋。

老大和老二穷得没有办法，这才去找老母亲，用尽各种手段欺负她、打她，最后撵她走，他们霸占了母亲的财产。母亲哭哭啼啼的找到朱特，说："你的两个哥哥打我，赶走我，还抢了我的财产。"边说边咒骂起来。

朱特安慰她道："妈妈，别咒骂了。他们这样忤逆不孝，会受到真主的惩罚。妈妈，现在我一贫如洗，两个哥哥也穷得要命。兄弟不和睦，打了几场官司，半点儿好处没有得到，反而把父亲留下的财产都花光了，叫别人讥笑我们。现在，总不能为了他们不孝，我又去跟他们争吵，又去打官司吧？算了。您暂且在我这儿住下，我俭省些供养您，只希望您能替我祈祷，真主会赏赐给我们衣食的。至于两个哥哥，真主会惩罚他们的。"

朱特一个劲儿地劝慰母亲，直到她心平气和，答应住下后，才带着渔网出去打鱼。

朱特靠打鱼为生，常去湖里、海里打鱼，有时打得十条鱼，有时二十条，最多时能打三十条。他靠卖鱼挣的钱养活自己和母亲，生活渐渐好起来，吃穿不愁了。相反地，他的两个哥哥好吃懒做，无所事事，终日跟一班流氓地痞结伴，逍遥浪荡。不久，又花光了从母亲处抢得的财物，很快就变成乞丐了。

他们只好偷偷找母亲，向她诉苦要点儿食物。母亲非常善良，想照顾他们，常拿些面饼给他们充饥，嘱咐道："你们吃了快走。你弟弟的生活也不富裕，叫他看见，他会责怪我的。"

有一天，她正拿东西给老大和老二吃，不巧朱特正好回到家中。母亲觉得很羞愧，怕他生气，可是朱特却笑道："两位哥哥，你们好啊！欢迎你们来看我们！"他拥抱着哥哥们，露出诚恳善良的微笑，又说：

"很希望你们常来看望母亲和我，不然，我们会感到寂寞的。"

"向真主起誓，我们一直想你，可是不好意思来见你。我们为过去的事感到羞愧，现在我们非常后悔，一切都是魔鬼从中作祟，但愿真主保佑。我们弟兄分开了，的确没有幸福可言。"

母亲眼看儿子们和好，非常高兴，对朱特说："儿啊，承蒙真主恩赐，你的收入日渐增加，我们是富裕之家了。"

"是的，"朱特说，"真主是仁慈的，我们生活安康了。我欢迎两位哥哥在这儿住下，我们在一起生活吧。"

# 朱特和面包商人

朱特和他的两个哥哥亲亲热热地一起住了一夜。

第二天吃过早饭后，他像往常一样，带着渔网出门打鱼，他的两个哥哥则随意逛荡。中午，母亲端出饮食给两个哥哥吃喝。傍晚，朱特买回肉和蔬菜，煮好后，母子们一块儿就餐。

日复一日，朱特天天打鱼赚钱，供养家人。他的两个哥哥享受他的劳动成果，终日逍遥。

不知不觉，一个月过去了。

这天，朱特照例带着渔网到海边打鱼。第一网是空的，第二网也是空的，一条鱼也没有打到。他念叨："这儿没有鱼！"然后换了个地方，依然没打到鱼。他接连换了好些地方，从早到晚忙了一整天，没有一点收获。

他叹道："好奇怪！海中难道没有鱼了？这是怎么一回事呀？"

他发愁地背着渔网悻悻而归，想着没有东西带回家去，母亲和哥哥们怎么办呢？他拖着沉重的脚步，经过面包铺门前，看见不少人手中正拿着钱争买面包，面包铺生意兴隆，他颓丧地站在一边。卖面包的对他说："喂，朱特！买块面包吧！"他不吭声。

卖面包的又对他说："如果手头没钱，你先拿去吃，以后给钱好了。"

"好吧，请赊五毛钱的面包给我吧。"

"你再拿五毛钱去花吧，算是订鱼的钱，明天你带二十条鱼来吧。"

"好极了，嗯！明天一定给你带来。"

朱特拿了面包和钱，买了吃的东西，心想："明天真主会保佑我的！"他匆匆赶回家中。他母亲做饭，大家吃了，便去睡觉。

第二天一大早，他带着渔网，准备出门时，他母亲说："别忙，吃过早饭再去吧。"

"您和哥哥们吃吧。"他说完走出门，来到海滨，撒网打鱼。这一天，又是接二连三的空网，毫无收获。后来他仍是边换地方，边打鱼，忙到太阳落山，仍然两手空空，一无所获。无奈，他只好又背上空渔网，踏上归途。他唯一可以借贷的地方是面包铺。他迟疑地来到铺子上，卖面包的看见他的窘况，忙把面包和钱给他，对他说：

"没关系，朱特，明天还我钱好了。"

朱特本想道歉，卖面包的却只顾一个劲儿说："去吧，没关系！用不着客气。你肯定没有收获，我见你两手空空，便什么都明白了。要是明天还打不着鱼，你也只管来拿面包去吃。别不好意思，什么时候有了钱再还我。"

第三天，朱特改去一个小湖打鱼。忙忙碌碌，从日出到日落，网中还是空空如也，只好又硬着头皮借钱，靠赊面包过日子。

067

# 朱特和第一个摩洛哥人

朱特连着七天没打着一条鱼，处境艰难，生活窘迫。第八天，他对自己说："今天上哥伦湖去碰碰运气吧！"于是满怀希望来到哥伦湖畔。正要下网，突然一个摩洛哥人出现在他面前，朱特仔细端详，见那人骑着一匹骡子，衣着考究，骡背上搭着绣花鞍袋。

那人从骡子上下来，亲切地问候："你好，朱特。"

"先生，你好。"朱特回答他。

"朱特，有一件事我要请你帮忙。你要是听我的，对你只会有好处，而且你会成为我的朋友呢。"

"先生，你有什么事，尽管吩咐，我一定听你的，你怎么说我怎么做。"

摩洛哥人取出一条丝带，对他说：

"你用这根带子紧紧地绑住我的双臂，把我推到湖里，然后你等着看。假如我的手伸出水面，你就快撒网打捞我；要是看见我的脚伸出水面，那就说明我死了。你不用害怕，也不用管我，你要做的就是把骡子牵到集市上去，交给一个叫密尔的犹太商人，他会赏你一百个金币，你拿着花吧。只是希望你一定替我保守秘密。"

朱特听了他的话，答应照办。

摩洛哥人对他说："绑紧点儿！"之后，又说："快把我推下湖去吧。"朱特用力一推，他掉到了湖里，不一会儿，只见水面上露出两只脚，朱特明白这位先生淹死了，便照他的话，牵了骡子，来到集市上，远远地看见一个犹太人坐着。那人一见骡子，叹道："人死了！"

接着又说："是贪心毁了他呀！"于是从朱特手中收下骡子，给了他一百块金币，告诉他好好保密。

朱特用这钱买了吃的，又到面包铺里还了买面包的钱，说道："请你收下这金币。"

卖面包的接过钱，对他说："还该给你两天的面包呢。"

# 朱特和第二个摩洛哥人

朱特来到市场，给屠户一枚金币买了肉，说道："剩下的钱放在这儿，你记上账就行了。"他又买了些菜，带回家去。这时，他的两个哥哥正缠着他母亲要吃的，母亲说："我可什么也没有，你们等弟弟回来再说吧。"

朱特进屋去，把吃的递给哥哥们，说："你们吃吧。"

两个哥哥慌忙抢过来，饿狼一般地大吃起来。

朱特把剩下的钱交给母亲，说道："妈妈，替我把钱收好。我要是不在家，哥哥们饿了的话，您让他们自己去买吃的好了。"

这天晚上，朱特美美地睡了一觉。

第二天一早，他又带着渔网，来到了哥伦湖畔。他正准备张网打鱼，又见一个摩洛哥人骑着骡子，突然来到他面前，骡背上搭着鼓鼓的鞍袋。这人对他说：

"你好，朱特。"

"先生，你好。"朱特惊奇地回答。

"朱特！昨天有没有一个骑着这种骡子的摩洛哥人上你这儿来过？"

朱特心里怕极了，不敢承认，怕他追问昨天那人的死因，把自己当作是凶手，只好一口否认，对他说："我可没有看见谁。"

"唉！那个人是我的同胞兄弟，他竟死在我前面了。"

"我什么也不知道。"

"咦？难道不是你绑住他的手臂，把他推下湖的吗？当时他还对你说：'如果我的手露出水面，你快撒网打捞我；要是我的脚露出水面，那证明我死了。你把骡子牵去交给犹太商人密尔，他会给你一百金币的。'后来他的双脚露出水面，你把骡子牵去交给那个犹太人，不是还得到了一百块金币吗？"

"你既然什么都知道，为什么还要问我呢？"

"我请你把昨天做的那件事，同样做一次。这次是我要下水，好吗？"

于是，他取出一条丝带交给朱特，说："捆住我的双手，推我下水。假如我同我的兄弟一样不幸的话，请你把骡子牵去交给犹太人，向他索要一百块金币。行了，动手吧。"

朱特走近他，照他的吩咐做了。

一会儿，朱特瞧见他的两只脚浮出水面，心想："淹死了！真主保佑，若是每天来个摩洛哥人这样做的话，那我可以从每个死人身上得到一百金币！这足够了。"之后，朱特牵着骡子回到城里。

犹太人看见他，叹口气说："又死了一个！"

"你多保重吧。"朱特安慰他。

"这是贪得无厌的下场。"犹太人说着，给朱特一百金币，收下了骡子。

朱特怀揣着金币，欢欢喜喜回到家中，把钱交给母亲。母亲感到惊奇，问道："儿啊！你从哪儿弄来这些钱的？"

朱特把事情原原本本地告诉了母亲。他母亲听完说道："儿啊，我怕你吃亏，从今天起，你别上哥伦湖去捕鱼了。"

"妈，是他们自愿这么干的。况且做这种事，不费吹灰之力，每天可

挣一百金币啊！既然有这样的美事，我为什么不去？真主保佑，我还要继续到哥伦湖去，摩洛哥人越多越好。"

# 朱特和第三个摩洛哥人

第三天，朱特照常又到哥伦湖去。正要张网打鱼，又有一个摩洛哥人骑着骡子来到他面前，骡背上的鞍袋里鼓鼓的，装的东西更多。

摩洛哥人对他说："朱特，你好啊！"

朱特一惊，回答一声，心下想道："为什么他们一个个都知道我呢？"

"有一个摩洛哥人来过这儿吗？"

"是的，有两个。"

"他们上哪儿去了？"

"让我把他们推到湖里淹死了。你是不是随他们之后来的另一个？"

摩洛哥人微笑了一下，叹道："可怜的人啊！难逃命运之困厄啊。"于是他跳下骡子，也取出一条丝带交给朱特，说道："朱特，把你做过的事替我再做一回吧。"

"时间紧迫，我很忙，要做就快快伸手，让我绑你吧。"

摩洛哥人顺从地照办了。

朱特把他紧紧地绑起来，一推，他就跌落到水中。过了一会儿，朱特看见他的双手伸出水面，并听他喊道："善良的人哟，快撒网吧！"

朱特马上撒下网，将这人打捞起来。只见他两手握着两条红珊瑚色的鱼，急着向朱特说："快从鞍袋里取出两个盒子，打开递给我。"

朱特立刻取出两个盒子，替他打开。他把两条鱼分别装在这两个盒子里，盖上盖子，然后一个劲儿地拥抱亲吻着朱特，说道："真主赐福你。若是你不撒网救我，我非但捉不住这两条鱼，还会淹死在湖里呢。"

"先生，真主保佑你！请你将以前淹死在湖里的那两人的来历，以及这两尾鱼和那个犹太人的情况告诉我好吗？"

"告诉你吧，朱特，以前淹死的那两个人是我的同胞兄弟，名叫阿卜杜拉·勒木和阿卜杜拉·阿德，我的名字则是阿卜杜拉·迈德。那个犹太人，则是名叫阿卜杜拉·侯木的人伪装的，我们是弟兄四人。我父亲名叫阿卜杜拉·宛土。他教会我们识别符咒、魔法，教我们开启宝藏的本领。我们认真学习，潜心钻研，造诣颇深，甚至鬼神都得供我们役使。

先父去世后，留给我们丰厚的遗产。一切财物、典籍都由我们弟兄四人分享。其中一部名叫《古代轶事》的古典著作，是价值连城的孤本，里面详细记载了各种宝藏的所在地，以及识别符咒的奥秘。那是我父亲的杰作，它的丰富内容我们只记得一小部分，因此谁都希望拥有它，以便埋头钻研，弄懂这方面的知识。因此我们弟兄之间各持己见，争吵不休，各不相让。我们争到非请太先生到场调解不可，他是我们父亲的导师，是他将先父抚养成人，并教会他各种知识的。他叫肯西奴·艾卜塔，是学术泰斗。他说：'把书给我吧。'

他拿着那部典籍，对我们说：'你们都是我的孙子，我谁也不会亏待。谁要享有这部遗著，他就得先上佘麦尔答宝藏中做一次冒险，把藏在里面的一具观象仪、一个眼药盒、一枚戒指和一把宝剑取来交给我。这四件宝物啊，各自用处可大了。就说那枚戒指吧，有个名叫腊尔顿·哥绥的魔鬼专为它服务，谁拥有那枚戒指，把它戴在手指上，便拥有至高无上的权力，帝王将相都不及他权重一时，再宽再广的国土，他都能够统治；那把宝剑嘛，挥舞它的人完全可以敌过一支大军，只需拔剑一挥，敌人便望风而逃，挥剑时如果再念一声：'杀死他们吧！'剑锋便闪出电光，消灭全部敌人；那具观象仪呢，拥有它的人可以观尽天下各地的情况，无论要想观察何时何地，都可一目了然，要看什么地方，只要把观象仪对向那个地方，当地的一切便尽摄入观象仪中，如果他讨厌某个城市，存心毁灭它，只要把观象仪对准太阳，那城市便化为灰烬；那个眼药盒呢，凡是用过里面的眼药水的人，均可以看见埋在地下的各种宝藏。这四件宝物很有用。我对你们只有一个要求：不能开启宝藏的，他就没权利享有这部遗著。谁能开启宝藏，取来四件宝物交给我，这部遗著就归他了。'我们听了他的话，都同意他提出的条件。他又对我们说：'孩子们，你们要知道，佘麦尔答宝藏是被红王的儿子们控制着的。你父亲曾企图开启宝藏，可是失败了，因为红王的儿子们为躲避他，逃往埃及去了。你父亲跟踪而

去，但他们潜到哥伦湖里，躲起来，受到护符保佑。你父亲没有法力战胜他们，达不到目的，最后失败而归。你父亲曾向我诉求此事，我代他占卜，预知那个宝藏必须借助埃及一个叫朱特的小伙子之手才能开启，才能捉住红王的儿子们。朱特以打鱼为生，你们可到哥伦湖畔找到他。要破除那道符咒，必须由朱特捆住追踪者的双臂，将他推到湖里，跟红王的儿子们搏斗，若他的两手露出水面，则象征胜利，这时候需要朱特撒网打捞他。幸运的人，就能捉住红王的子嗣，倒霉的人则败在红王子嗣的手里，淹死在湖中，两脚露出水面。'听了太先生的一番话，我们都很兴奋。阿卜杜拉·勒木和阿卜杜拉·阿德异口同声地说：'我们要去，即使牺牲性命也在所不惜。'我说：'我也要去。'只有阿卜杜拉·侯木跟我们的意见相反，他说：'我可没有这个爱好。'因此我们说好让他扮成犹太商人，上埃及去。我们中谁不幸死去，他就接收遗下的骡子、鞍袋，并支付一百金币。

阿卜杜拉·勒木第一个找到你，结果他败下阵来，死在湖里；第二天阿卜杜拉·阿德也被杀害；第三天我跟他们较量，他们打不过我，让我捉住了。"

"你捉住的人在哪儿？"朱特问。

"你没看见吗？我已经把他们装进盒子了。"

"那是鱼啊！"

"它不是鱼，是鱼形的妖魔。你要知道，朱特，开启宝藏，还得靠你帮忙。你愿意听我的，陪我上非斯城走一趟，一起开启宝藏吗？开了宝藏，你要什么，就有什么。我把你当亲兄弟看待，准保你满载而归。"

"我家里有老母亲和两个哥哥，他们全靠我供养。我要是跟你走了，谁管他们呢？"

"这并不是理由。如果只是钱的问题，那我先给你一千块金币，拿去交给你母亲好了。不出四个月的时间就可以回来了。"

"行，先生，给我一千金币。等我送到家中交给我母亲后，就跟你一起去吧。"

# 去摩洛哥的旅途

阿卜杜拉·迈德取出一千金币交给朱特。朱特带着钱，高兴地回到家中，对母亲说了他和摩洛哥人的奇遇，把一千金币交给她，说道："妈妈，这里是一千块金币，您收起来安排生活，暂且度日。我跟那个摩洛哥人走一趟，约莫四个月后，我就可以满载而归了。妈妈，替我祈祷吧。"

"儿啊，你走了我会寂寞的。我真替你担心。"

"妈，您放心好了，真主会赐我平安的。那个摩洛哥人心眼儿好极了。"他竭力夸赞摩洛哥人。

"儿啊，但愿如此！你且跟他去吧，兴许他会给你带来好运。"

朱特辞别母亲。阿卜杜拉·迈德一见朱特，便问："跟你母亲商量好了吗？"

"好了，她让我去。"

"好的。来，我们共骑这头骡子走吧。"

于是他们骑着骡子，动身启程。从正午开始，一直跋涉到夕阳西下，朱特饥肠辘辘。他见摩洛哥人身边什么也没带，便问他："先生，你也许忘了带吃的东西了吧。"

"你饿了？"

"嗯。"

于是他们跳下骡子。摩洛哥人叫朱特："给我取下鞍袋。"待他取下鞍袋，他又问：

"老弟，你想吃什么？"

"什么都行。"

"向真主起誓，你应该说得明白一些，你到底想吃什么？"

"面包和奶酪。"

"唉！可怜的人呀！面包和奶酪太低档了，你选更好的食物吧。"

"我饿极了，随便什么都行，只要是吃的。"

"喜欢红烧鸡吗？"

"很喜欢。"

"喜欢吃蜜糖饭吗？"

"很喜欢。"

"喜欢吃……"摩洛哥人连着报出二十四个菜名。

朱特听了，心想，他疯了。既无厨房，又无厨师，他上哪儿去弄来这些美味佳肴？别让他继续空想了吧。于是他急忙回答："够了，够了。你手边什么也没有，却报上这么多美味来，你是存心让我难受啊！"

"有的，朱特。"

摩洛哥人说着把手伸进鞍袋，取出一个金盘，盘中果真装着两只热气腾腾的烧鸡；他第二次伸手进去，取出一盘烤羊肉。他一次次地从鞍袋中取，竟真的取出先前数过的二十四种菜肴，一样也不少。他说道："吃吧，可怜的人！"

朱特被眼前的情景惊呆了，说道："先生，难道你的鞍袋里有厨房和厨师吗？"

摩洛哥人哈哈大笑，说："这个鞍袋施过魔法，里面有个奴仆供人差使。在同一时间里，我们就是向他要一千个菜，他也可以立即兑现的。"

"真奇妙的鞍袋啊！"朱特赞不绝口。

他俩狂饮大嚼，饱餐了一顿。吃完，倒掉剩饭剩菜，将空盘放回鞍袋里，又随手取出一个水壶，浇着水盥洗一番。饭毕，他们做了祈祷，然后收拾上路。他俩跨上骡子，继续跋涉。摩洛哥人问道："朱特，我们从埃及到这儿来，你知道走了多少路程吗？"

"不！我不知道。"

"我们已经走了一个月的路程了。"

"这是怎么回事？"

"朱特，你要知道，这匹骡子是一匹神骑，它一天能走一年的路程。今天是为了照顾你才慢慢走哩。"

他们走啊，走啊，向摩洛哥靠近。一日三餐都从鞍袋中取出丰富的食物来享用。如此晓行夜宿，一直走了四天。路上朱特需要什么，摩洛哥人便从那神奇的鞍袋中取出来给他，使他心满意足。

# 到达非斯城

第五天，他们终于到达非斯城。一路上，摩洛哥人迈德碰见许多熟人，他们个个都向他打招呼问好，吻他的手。他边走边回应，一直来到一幢房子跟前。一敲门，门马上开了，开门的是迈德的女儿，她像月亮般美丽可爱。迈德吩咐道：

"拉侯曼呀，快给我们打开宫门吧！"

"好的，爸爸，我马上就去。"她回答着，转身匆匆走进房里。朱特望着她那轻盈袅娜的身姿，差点儿神魂颠倒，赞美道："她真是一位高贵的公主啊！"

拉侯曼开了宫门，迈德取下骡背上的鞍袋，说道："你去吧，愿真主恩赐你。"他刚一说完，地面突然裂开，骡子钻了进去，随即那裂口又合拢，恢复了原状。朱特十分惊惧，叫道：

"承蒙真主保佑，我们居然一直安全地骑在它背上。"

"朱特，我告诉过你，这匹骡子是神骑。别大惊小怪的，让我们进屋去吧。"

他俩进入屋中。无数华丽的陈设和名贵的珠宝玉石映入朱特的眼帘，他十分惊异。坐下后，朱特喊道："女儿，给我拿那个包袱来。"

拉侯曼递上一个包袱，放在她父亲面前。迈德打开包袱，取出一套华丽的衣服，说道：

"朱特，穿起这套好衣服吧。"

朱特穿上这套价值千金的衣服，顿时面目生辉，一表人才，如若摩洛哥的王公贵族。迈德又伸手从鞍袋中取出杯盘碗盏，摆出有四十种美肴的一桌筵席，让朱特吃喝。他说："尊贵的客人，请用餐吧！请原谅我不知道你的口味。你喜欢吃什么尽管说，我会马上给你拿出来。"

"向真主起誓，先生，我不挑食。你不必问我，你想到什么就上什么吧。现在我有吃的东西就行了。"

朱特在迈德家中住了二十天。迈德对他视若上宾，殷勤款待。他每天换一套新衣服，鞍袋中有各种山珍海味供他享用，凡是需要的东西都从鞍袋里取，一切都不必花钱买。

# 第一次进宝藏

到了第二十一天，迈德对朱特说："今天就是开启佘麦尔答宝藏的日期。走吧，朱特，我们这就去吧。"

于是两人各骑了一匹骡子，带着仆人出城，向前探路。中午，他们到达郊外一条水流湍急的河边。迈德下骡，吩咐两个仆人："开始准备吧。"

仆人听从吩咐，每人牵一匹骡子，各向一个方向走去。

不一会儿，有一人带来一顶帐篷，挂了起来，另一人搬来被盖、枕头，铺在帐中。然后，两个仆人又出去了一会儿，这次他们拿来装鱼的那两个盒子和那个神奇的鞍袋。迈德让朱特坐在他身边，从鞍袋里取出吃的，一块儿吃喝。饭后，他捧着两个盒子开始施法念咒语，直念得两条红鱼在盒中呼救，说道："世间的预言者啊！我们应命来了！请怜悯我们吧。"

迈德并不理会，只顾念咒，直念到盒子爆炸成碎片，飞向空中，两条红鱼变成两个被绑住的人。他们喊道：

"相信我们吧，预言家！你要把我们怎么办呀？"

"如果你们跟我签约，开启佘麦尔答宝藏的话，我就不为难你们。"

"我们愿意签约，替你做这件事，但你必须把打鱼人朱特找来，因为那个宝藏之门，必须借助朱特的手才能开启，也只有哈迈的儿子朱特才可以进去。"

"朱特正在这儿，听你们说话呢。"

他们签订了开启宝藏之门的协议，迈德于是答应放他们。之后，迈德取出一根竹竿、一块红玻璃片系在一起，又把几块木炭放在一个香炉中，把木炭吹燃。他一手拿着乳香，说："朱特，我要念咒语、撒乳香了。我念咒时，你不能开口说话，否则会毁坏咒语的。现在我来告诉你怎么做，好让我们顺利地完成任务。"

"告诉我怎么做，告诉我吧。"朱特说。

"你要知道，我念了咒语，撒下乳香，河水便随之干涸，你眼前会出现一道金门，像城门那样高大，上面挂着两个金属大门环。你走过去，把门轻轻一敲；等一会儿，再敲第二次，比头次稍微重些；再等一会儿，再敲第三次。之后，里面的人由于不知符咒被毁掉，会问：'谁敲门呀？'你告诉他：'我是打鱼人朱特·哈迈。'里面的人这时便会开门出来，手持一把宝剑，说道：'你要真是朱特，伸直脖子，让我砍下你的头吧。'你不必害怕，只管伸脖子让他砍，因为他砍下这一剑，自己就会马上倒下去，死在你面前，你不会受伤，也不会痛苦。假若你不让他砍，便会死在他手里。

这样就破除了他的护符。你再走进去，直到第二道门前，然后敲门。这回会出来一个骑士，骑着战马，手执长矛，说道：'这是人、神不能来的禁地，是谁把你引来的？'他说着举矛要刺你，你挺胸让他刺。他一刺，也会马上倒在地上，变成一具尸体。你不能反击，否则你就会被刺死。

然后，你继续向前，到第三道门前一敲，就会出来一个手持弓箭的人，他向你进攻，你挺胸迎接，让他射你，他会马上倒在地上，变成死尸。你如果反击，他会射死你。

你再向前走到第四道门前，一敲，大门会应声而开，跳出一个庞大的野兽，张牙舞爪地冲向你，想要一口吞下你。你别害怕，也不必逃避，等它接近你，你伸手给它，它会立刻死掉，而你不会受伤。

你接着往里走，到第五道门前，一敲，会出来一个黑奴，问道：'你是谁？'你告诉他：'我是朱特。'他说：'如果你是朱特，请去开第六道门吧。'你走到门前，就说：'耶稣啊，请告诉摩西快来开门吧！'这样，门会应声而开，你会看到门里左右各有一条大蟒蛇，张着血盆大口，想要吞食你。你走进去，让大蟒蛇各衔住你的一只手，它们就会死去。你若反抗，反而会被大蟒蛇吞掉。

你继续走进去，到第七道门前，一敲。这回你母亲会开门出来见你，对你说：'欢迎你，我的儿子，到我身边来，我会为你祝福。'你对她

说：'站开！脱掉你的衣服！'她说：'儿啊！我是你的亲生母亲，对你有养育之恩，你怎么能让我赤裸身体呢？'你对她说：'你不脱，我就杀死你。'你取下右面墙上挂着的宝剑，用剑逼她脱衣服。她会欺骗你，向你苦苦哀求，你可不能心软。她每脱一件衣服，你得催她马上脱下一件，不停地胁迫她，逼她一直脱光，她才会倒下去。这时候才能算破除了整个魔法护符，你的安全才有了保障。然后，你可以直入宝藏了。那里面金银成堆，你别管它。宝库的正上方有间密室，门上挂着帷幕。你揭开帷幕，就可以看见那个叫佘麦尔答的预言者睡在一张金床上，他头上有圆月般闪光的观象仪，身上佩着一把宝剑，手上戴着一枚戒指，脖子的项圈上系着一个眼药盒。那四件法宝，你必须全都取来。你一定要记牢我告诉你的各种方法，一点儿也不能忘记。你照我的指示一步一步地做下去，才不会吃亏的。"

迈德一次次耐心地重复这些话，直到朱特对他说："我明白了。不过按你刚才所说的那样，可真要有天大的胆量，才能破除魔法呢！这太恐怖了。"

"别害怕，朱特。他们都是失去灵魂的幽灵。"

"好吧！一切都托付给真主吧。"

一切商量妥当后，迈德撒下乳香，念了咒语，河水逐渐枯竭，河床里出现宝藏的大门。

朱特走到门前一敲，里面果然传出询问声："谁敲宝库之门？"

"我是朱特·哈迈。"他回答后，果然大门洞开，有人冲到他面前，举剑大喊："伸出你的脖子吧。"他伸长脖子，那人一砍，便倒下去死了。他用迈德教的方法，同样开了第二道门，并一直顺利地破除了前六道门的护符。

最后，他母亲出现了，对他说："儿啊！你好吗？"

"你是谁？"

"我是生你养你的母亲啊。儿啊！我十月怀胎，痛苦分娩，好不容易才生下你呢。"

"把你的衣服脱下来吧。"

“你是我的儿子，怎么竟让我赤身裸体呢？”

“快脱吧！否则，我砍掉你的脑袋。”朱特用宝剑逼着她，“你不脱，我就杀死你。”

他们彼此纠缠、争执。朱特的母亲在他的胁迫下，终于脱下一件衣服。朱特喝道：“快脱剩余的。”经过多次纠缠，她又脱下一件。当她脱得身上只剩下一件衣服时，愤愤地对朱特说：“儿啊！我真是白养了你。你让我脱得只剩一件衣服，这像话吗？你真狠心，这是大逆不道的！”

“是的，你是对的，你留下那件衣服吧。”

朱特刚说完，他母亲便大声喊起来：“他错了！你们来揍他呀。”宝库中众人闻声赶到，一齐动手，拳头雨点般地落在他身上。这一顿揍，他一辈子也忘不了。

他被暴打一顿后，被扔出门外。宝库的大门又关上了。

第一次进宝藏朱特被赶出门外，迈德忙救起他，接着河水泛滥起来。迈德不断念咒语，才把朱特念醒。迈德问道：“可怜的人哟，你到底干了些什么？”

“我冲破各种障碍，到达我母亲那里。我逼着她脱衣服时，我们争执起来。当她脱得只剩一件衣服时，对我说：‘别再凌辱我了’。我可怜她，不再逼她脱，可是她喊了起来：‘他错了，你们来揍他吧。’霎时间，不知从哪里来了许多人，对我拳打脚踢，差点儿把我打死。他们把我抛出门外，我一直昏迷，别的就什么也不知道了。”

“我不是一再嘱咐，叫你别做错吗？这样倒好，你不仅害人，而且害己。如果她脱光衣服，那我们就成功了。而现在，你只能待在我这儿，等到明年的今天，我们再从头开始，重新来开启宝藏吧。”他说着大声一喊，两个仆人迅速赶到，他们拆卸下帐篷，牵来两匹骡子，各骑一匹，怅然回到非斯城。

朱特仍住在迈德家中，好吃、好喝，每天一套新衣，生活得安逸舒适。不知不觉过了一年。迈德对朱特说：“这一天终于又到了，让我们再去探宝吧。”

“好的！”朱特答道，于是跟迈德一起，骑上仆人预备好的骡子，又一次来到河边。仆人张开帐篷，铺好被褥，迈德取出食物，二人饱餐一顿后，迈德仍像上次那样取出竹竿、玻璃片和乳香，说道："朱特，请听我嘱咐。"

"不！迈德先生，我忘不了挨的毒打，当然也忘不了你的嘱咐。"

"这么说，你会记住我的嘱咐？"

"当然，我记得清清楚楚。"

"爱护你的生命吧。其实那个妇人不是你真正的母亲，她是以你母亲的形象出现的一道护符，她要阻挠你去取宝。第一次你能侥幸生还，如果再出差错，你可难免杀身之祸了。"

"这次如果再犯错误，就让他们烧死我吧。"

迈德撒下乳香，一念咒语，河水又干涸了。

朱特走到宝库门前，一敲，大门应声而开。他一如既往地前行，破除护符，叫开七道大门，又见到他母亲。只听他母亲的声音又道："儿啊，欢迎你！"

"谁是你的儿子，该死的妖怪，快给我脱衣服吧。"

她见阴谋不得逞，只好把衣服一件件地脱掉，脱到最后一件时，朱特严厉催逼："该死的妖精，快脱！"她刚脱下最后一件衣服，立刻变成干尸，僵直地倒下。朱特冲了进去，只见宝库中金银成堆，可他不管，一直冲到密室，果然见到预言家佘麦尔答躺在床上，腰佩宝剑，手戴戒指，胸挂眼药盒，头上摆着观象仪。朱特从他身上取下宝剑、眼药盒、戒指、观象仪，然后一路退出密室。只听得仆人向他欢呼祝贺道：

"祝贺你，朱特！你成功了！"

他在一片欢呼庆贺声中走出宝库，回到迈德身边。

迈德停止念咒语，灭了乳香，跳起来拥抱他，问候他，随后收起四件宝物。然后，两个仆人收了帐篷，牵来两匹骡子，两人跨上骡子，一起优哉游哉地转回非斯城。

朱特带宝还乡回到家中，迈德从鞍袋里取出食物，摆出丰盛的筵席款待朱特，说道："吃吧，吃吧。"于是两人饱餐一顿。宴毕，迈德说道："朱特！你为我的事背井离乡，成全了我，我要回报你。你希望得到什么，请尽管说，我会满足你的愿望的。你付出了辛劳，这是你应得的。"

"先生，你能把这个鞍袋送给我吗？"

"行，你拿去吧。如果你还需要什么，我也会给你。这个鞍袋只能给你吃的东西，用处不太大，这次你远道奔波，辛苦一场，我许诺要让你满载而归，除了这个鞍袋外，我还要送你一袋金银珠宝。你回家后，去做买卖，赚些钱来贴补家用吧。至于食品，你不用花钱，想要什么，尽管伸手到鞍袋里取，仆人会给你预备的。就是每天要一千种菜肴，也不会落空的。"

迈德又取了个鞍袋，分别装上金子、珠宝，送给朱特，并命仆人牵来骡子，把两个鞍袋搭在骡背上，说道："骑这匹骡子回家吧，这个仆人会领你到家的。之后你取下鞍袋，把骡子交仆人带回来。希望你严守秘密。走吧，真主保佑你。"

"愿真主赐你福分。"朱特衷心感激迈德，向他告辞，跨上骡子，随仆人启程，离开摩洛哥，直往埃及。

经过一天一夜的跋涉，他在第二天清晨到达埃及。

刚进城门，他就看见母亲坐在路边乞讨，有气无力地喊道："看在真主的情面上，给点儿吃的吧！"他见状后大吃一惊，立刻下骡，扑在母亲身上。母亲一看是小儿子回来了，不由得放声痛哭。他赶紧扶母亲骑上骡子，替她牵着缰绳。回到家中，卸了鞍袋，让仆人带走骡子，母子俩才坐下来谈心。

他问道："妈妈！两位哥哥好吗？"

"都好。"

"您怎么会上街讨饭呢？"

"儿啊，妈妈太饿了。"

"我临出门，第一天曾给您一百金币，第二天又给您一百金币，动身那天还给了您一千金币。这么多钱呢？都上哪儿去了呢？"

"儿啊，你的两个哥哥把钱骗走了，说是要去做买卖，但他们一拿走钱就再也不管我了。我没有吃的，只好乞讨。"

"妈妈，我现在回来了，生活不成问题，您再也不要操心忧愁了。这个鞍袋里有用之不尽的金银财宝呢。"

"儿啊，你真幸运！真主赐福你，加倍赏赐你呢。儿啊，昨天，我饿了整整一夜，你快给我弄点儿吃的吧。"

"好！"朱特笑着问，"您想吃什么就说吧，我这就给您拿，不用上街去买，也不必烹调。"

"儿啊，你哪有什么可吃的东西？"

"喏！这鞍袋里有各式各样的食物呢。"

"那你随便弄点儿什么吃的吧。"

"您说得对。贫困则饥不择食，但富裕时，就想吃点儿好的。我现在可是富翁了，您想吃什么，尽管说吧。"

"给我一块热面包，还有一片干乳酪吧。"

"妈妈，面包、乳酪跟您现在的身份不相称了。"

"你知道我的身份，就估量我的身份给我吃的吧。"

"妈妈，您的身份应该吃红烧肉、红烧鸡、辣椒炒饭。此外，您还适合吃整羊裹饭、瓜裹饭、鸡裹饭、肋肉嵌米、面丝糖和蜜糖、蜜钱、杏仁饼这类名贵食品呢。"

她以为儿子在取笑她，说道："唉！你这是怎么了？我可不敢做这样的梦呢。"

"您以为我疯了吗？"

"你给我列出这么多美食，谁买得起？谁有那么高的技艺？"

"我发誓，一定马上把这些食物拿给您。"

"可是我怎么没看见呢？"

"把鞍袋拿给我吧。"

她取出鞍袋，伸手去探，里面空空如也，什么也没有。朱特接了过去，一伸手却从里面取出各种菜肴，他一样接一样地把各种名菜取出来、摆好，请母亲吃喝。他母亲望着这些食品，十分惊诧，说道："儿啊！这个鞍袋真奇妙，一会儿就变出这么多好吃的。我问你，这些热腾腾的菜肴是从哪儿来的？"

"妈妈，告诉您吧，这个鞍袋是那个摩洛哥人送给我的，曾被施过魔法，里面有个奴仆，人们想吃的东西，只需报出名字来，对他说：'鞍袋的仆人啊，给我某种东西吧。'马上就会应验的。"

"我能伸手进去问他要吗？"

"行！您伸手要吧。"

她试探着伸手进去，说道："鞍袋的仆人啊！请给我一盘肋肉嵌米吧。"她刚说完，果然从袋中取出一盘肋肉嵌米。

接着朱特又要了面包和其他食物，母子继续吃喝。朱特说："妈妈，照规矩，吃完饭后空盘仍须收在袋子里，如有剩余饮食，可以腾在别的器皿里。您要好生保存鞍袋，严守秘密，不管我在不在家，您需要吃的，尽可从鞍袋里索取。除您享用之外，还可以供给哥哥们吃喝，并拿些食物救济那些穷苦人。"

母子俩边吃边谈话。

这时候，朱特的两个哥哥突然闯了回来。原来巷子里的一个小孩子对他们说，你弟弟衣着华丽，骑着骡子，带着仆人回家来了。他们听了都很吃惊，有些心虚，一个说："糟糕！但愿我们不曾冒犯母亲，她会把我们虐待她的情况告诉弟弟的，现在去见弟弟的面，多害臊呀！"另一个说："母亲是慈爱的。即使她告诉了弟弟，可是弟弟也一样疼爱我们。我们向他道歉，他会宽恕我们的。"于是两个人约着走回家。

朱特见了哥哥们，忙起身迎接，热情地问候一番，说道："来吧！来吧！一块儿吃一点儿。"

他们太饿了，疲惫不堪，坐下来，大吃大喝了一顿。饭后，朱特说："两位哥哥，请把剩余的这些饭菜拿出去，送给那些可怜的穷苦人吃吧。"

"弟弟，别送了，留着我们当晚饭吃吧。"

"晚饭时，保证你们有更多好吃的呢。"

他们顺从朱特，把剩余的饭菜带出去，沿街走着，每遇到可怜的穷人，便对他说："你拿去吃吧。"布施完饭菜，他们才把空盘子带回家。朱特让母亲把盘子收藏在鞍袋里。

# 朱特遭劫难

当天晚上，朱特走进房子，从鞍袋中取出四十盘菜肴，回到客厅，陪哥哥坐下，对他母亲说："妈妈，给我们晚饭吃吧。"他母亲进屋，见饭菜已经取出来，便铺上桌布，把菜肴一盘盘端了出来，摆成一桌丰盛的筵席。母子们坐下吃喝。饭后，朱特又吩咐哥哥："这些剩下的饭菜分给穷人吃吧。"他们照办，又把饭菜拿出去，施舍给穷人。

回家后，朱特又取出甜食来吃。吃完，他说道："剩下的送给邻居吃吧。"

第二天，他们同样吃喝享受。从此他们尽情吃喝，生活非常富有。

这样过了十天，他的哥哥们觉得奇怪，老大萨勒和老二莫约凑在一起，想出一条计策，趁朱特不在家，鬼鬼祟祟地约着去见母亲，说道："妈妈，我们饿了。"

"等一等，我给你们拿吃的。"她说着走进房去，从鞍袋中取出饮食，拿给他们吃喝。

"妈妈，你没生火做饭，为什么吃的却是热的？"

"呃！这是从鞍袋中取出来的。"

"鞍袋？那是怎么一回事呀？"

"鞍袋曾被施过魔法，有着护符……"她把实情都告诉了她的两个儿子，还嘱咐道：

"你们可要保密啊！"

"是的。不过希望母亲告诉我们，你用什么办法取食物呢？"

她又把一切都告诉了两个儿子。

他们如法炮制，果然取到了食物。这一切都瞒着朱特。他们明白鞍袋的作用后，野心勃勃，想夺取鞍袋，萨勒对莫约说："兄弟，我们在老三面前抬不起头来，靠他施舍过日子，这要到什么时候才算完呢？我们为什么不想个办法，把鞍袋抢过来呢？"

"有什么办法得到它？"

"我们把弟弟卖给苏士地区的头目吧。"

"怎样才能卖他？"

"我和你一起去苏士，让那个头目带两个伙计到我们家来吃饭。至于弟弟这方面，我会说服他。今晚你等着瞧我的吧。"

萨勒和莫约密谋出卖朱特，两人相约着到那苏士地区头目家中，对他说道："老爷！我们特来见你，是因为有一件让你高兴的事。"

"哦？有什么事？"头目表示欢迎。

"我们两个是亲兄弟，此外还有一个顽劣无用的弟弟。家父过世后，遗下一份财产，分为三份，他拿走一份，吃喝嫖赌、花天酒地地挥霍完了，便来找我们的麻烦，赖我们的财产。我们被迫和他打官司，花了很多钱，把我们弄穷了。就这样，他还不放过我们，因此我们打算卖掉。请老爷买下他吧。"

"你们设法骗他到这儿来，我会很快送他去做苦工的。"

"那可不行。最好今晚你带两个人到我家去做客，等他睡熟后，我们会协助你，五个人一起动手捉住他，拿木头塞住他的嘴，趁黑夜带走他，到时候随你怎么对待他。"

"我知道了，就这么办吧。我出四十个金币，怎样？"

"卖！今晚你带人来，我们在巷口等你。"

"好的，你们回去吧。"

萨勒和莫约回到家中，跟朱特聊了一会儿家常，萨勒便走到朱特面前，吻他的手。朱特觉得奇怪，问道："哥哥，你怎么了？"

"弟弟，有件事情我很为难。是这样的，我有一个好朋友，你不在家时，他常请我去吃饭。今天我去探望他，他又请我吃饭，我说：'不行，我得和我弟弟在一起。'他说：'让你弟弟也来好了。'我说：'他不愿来，还是你和你弟弟来我家吃饭吧。'我是随便应酬一句的，谁知他欣然同意，答应今晚带他弟弟来我家吃饭。我怕你不愿见他们，所以征求你的意见，是否能以你的名义请他们吃晚饭？若是不方便的话，我只好上邻居家去招待他了。"

"何必上邻居家呢？是我们的屋子太窄，容不下他们吗？是我们没东

西款待他们吗？这种事不必跟我商量。我们家境已经好转，食物丰富，足够招待客人。以后有人上我家来，我不在，你们就向母亲索取吃的，她会给你们的。好了，你去请他们吧，好运会随着客人光顾我们家的。"

萨勒千恩万谢，吻了朱特，就走出门去，坐等到太阳西沉。果然，头目等人如约前来。

萨勒忙领他们进屋。朱特友好地招呼客人，请他们坐下，陪他们聊天。朱特不知来者不善，友善地接待他们，让母亲准备晚饭。朱特从鞍袋中取出四十盘珍馐美味，摆成盛宴款待他们。来人不明底细，还满以为是萨勒请的客。

饭后，又聊了一会儿。晚上，朱特取出甜点待客，直吃到夜深人静，才上床睡觉。

等朱特睡熟，这群人就蹑手蹑脚、悄悄地行动起来。朱特从梦中惊醒过来时，嘴里已经塞着木节，身体也被牢牢地绑住了。趁着夜色，他们把他送往苏士地区。

从此，他开始过着囚徒般的苦役生活。

# 萨勒和莫约被监禁

第二天清晨，萨勒和莫约一起去见母亲，问她："妈妈，弟弟还在睡觉吗？"

"你们去叫醒他吧。"

"他睡在哪儿呀？"

"跟客人们在一起。"

"也许我们还没有起床，他就跟客人走了。妈妈，弟弟很喜欢摩洛哥，醉心于宝藏，和摩洛哥人亲密无间。他们曾让他一块儿去摩洛哥开掘宝藏呢。"

"他又跟摩洛哥人见面了？"

"昨晚上他们不是在这里吃饭的吗？"

"或许他跟他们去了，愿真主保佑！他是个幸运的人，这回一定大有收获。"母亲说着伤心地哭了起来，又感到一阵空虚。

"该死的老太婆！"萨勒弟兄破口大骂，"你怎么这样疼爱朱特？从前我们出门也好，回来也好，你没一点儿反应。朱特一走，你却这么悲哀，难道我们不是你的儿子吗？"

"你们当然也是我的儿子，可是你们不孝顺。你们的父亲死后，你们没做过一件好事。朱特却不同，他做了许许多多好事。他孝顺我，使我感到愉快，我当然关心他，为他多一些担心。你们不也一样享他的福吗？"

萨勒和莫约听了母亲的话，恼羞成怒，一边破口骂她，动手打她，一边毫不讲理地冲进房中，搜出两个鞍袋，嚷道："这是父亲的财物。"

"不，向真主起誓，这是朱特从摩洛哥带回来的。"

"你胡说！这当然是父亲的，我们该分享它。"

他们瓜分了鞍袋中的金银珠宝，可是为争夺那个施了魔法的鞍袋，两人争执起来。萨勒说："归我吧。"莫约说："不行。"两人争吵不休，母亲在旁边劝道："孩子们，金银珠宝的鞍袋，你们已经分完了，剩下的这个，分不成两份，也不值钱，我看还是交给我保管吧。你们需要吃东西时，我就给你们取出来，要是破坏了它，就得不到任何吃的了。我呢，只要有东西糊口也就满足了。我是你们的母亲，以后还是希望你们和睦相处、正正经经地做人。不然，以后你弟弟回来，你们会没脸见他的。"

他们不听母亲的劝告，分赃不均，连日吵闹，结果鞍袋的秘密被国王的一个卫士听见了。那卫士路过他家，听见吵闹声，从窗户往里窥探，把他们分财不均的情形全听到了。第二天，他把夜里听到的秘密详细报告了国王余睦·道图。

于是，国王派人逮捕了萨勒和莫约，押到宫中，经过严刑拷问，终于弄清了事件的原委，兄弟俩的鞍袋被没收了，人也遭到监禁。此后他们母亲的生活，由国王供给。

# 朱特得到魔戒

朱特在苏士地区做了一年苦工后，跟其他人同船渡海，不料，船在途中触礁遇险，仅朱特一人生还。上岸后，他艰苦地跋涉到一个阿拉伯人的帐篷中，说明他失事的经过。帐篷中有个吉达商人，同情他的遭遇，对他说："埃及人，你若愿意替我做事，我可以管你吃穿，带你上我家乡吉达去。"

朱特表示愿意，从此，就随商人踏上了到吉达的旅程。他忠厚老实，干活卖力，颇得主人的欢心。

后来主人去朝觐，带了他同行。到了麦加，朱特去游圣寺时，无意间碰见了他的摩洛哥朋友迈德，与他共叙别情。朱特忍不住伤心流泪，讲了一遍他的遭遇，迈德非常同情他，带他到自己的寓所去。他给了他一身华丽衣服，对他说："朱特，你已经摆脱困境了。"他说着，拿沙盘替他卜卦，测出了他哥哥的遭遇，对他说："朱特，你的两个哥哥已被逮捕，埃及国王把他们关进了监狱。我希望你搬到我这儿来，这对你有好处。"

"我要征得主人的同意，才能搬来。"

"你欠他钱吗？"

"不。"

"好吧！做事应该有始有终。你先去征求他的同意，然后搬过来吧。"

朱特回到那位主人面前，对他说："我碰见我哥哥了。"

"你去领他来，我们请他吃饭吧。"

"不用，他是个富人，有好多仆人伺候他呢。"

商人给了他二十枚金币，说："朱特，你好自为之吧。"

朱特告别商人，在路上看见一个穷人，便发慈悲，把二十枚金币慷慨地全部赠予他。朱特匆匆赶到迈德的寓所，跟他一起生活，度完了朝圣的佳期。

一天，迈德把从佘麦尔答宝库中取得的戒指送给他，说："这个给你，它会带给你好运。它有一个能干的仆人，叫腊尔顿·哥绥。你拥有它，世上的一切应有尽有。只要一擦戒指，它的仆人会马上来听命的，要什么都行。"他说着，擦了一下戒指，仆人应声出现，大声说道：

"主人！我来了。您需要什么？是重建城市，还是毁灭城市？是毁灭军队，还是要国王完蛋？"

"腊尔顿·哥绥，这位是你的新主人。从今以后，你听命于他。"迈德指着朱特叮嘱仆人，随即令他隐去，接着对朱特说，"你一擦戒指，哥绥就会出现。你要什么，尽管吩咐他，他不会抗命的。把戒指好好收藏起来，将来回到家，你可以借它报仇，千万别轻看了这枚戒指的价值。"

"好的，请允许我回家乡去吧。"

"你让戒指帮忙好了。等仆人出现时，你骑在他背上，对他说：'你必须在今日之内送我回家去。'便可达到目的。他不会违背你的。"

# 朱特解救两个哥哥

朱特对迈德感激不尽，向他告别后，一擦戒指，腊尔顿·哥绥立刻出现，向他说道：

"主人！我应命而来，请吩咐吧。"

"今天送我到埃及吧。"

"遵命。"他说着背起朱特，升上天空，从中午不停地飞到半夜，到达了埃及，送朱特到了他家的院子里，然后他才隐去。

朱特进入房内，他母亲看到他，一下子翻身起床，招呼他，问候他，然后她伤心地叙述了他走后，哥哥被捕、国王抢走金银珠宝和鞍袋的经过。他听了，觉得两个哥哥实在太过分，他安慰母亲说："妈妈，再不必为失去那些宝贝发愁了，我要把哥哥们从监狱里救出来呢。"说完，他一擦戒指，腊尔顿·哥绥立刻出现，说道：

"主人！我应命而来，请吩咐吧。"

"马上从国王的监狱里救出我的两个哥哥吧。"

腊尔顿·哥绥霎时钻入地下，依命行事。

萨勒和莫约在狱中备受折磨，处境凄凉，不想再活下去。其中一个叹

道："兄弟啊！向真主起誓，这种牢狱里的苦难日子要熬到什么时候呀？我们还不如死了算了。"正当他们绝望之际，狱中的地面突然裂开，腊尔顿·哥绥出现了。他救出萨勒弟兄两人，把他们送到家中。

他们受到惊吓，不省人事，过了好一会儿，才慢慢苏醒过来，发觉自己已在家中。见朱特和母亲坐在一起，并对他们说："两位哥哥没出事，这就好了。"

两个哥哥听了朱特的安慰，羞愧地低下头，难过地流泪，对弟弟感激不尽。

朱特说道："别哭了，你们出卖我，是你们贪婪过度，受了妖魔的蛊惑，我只好拿约瑟来解嘲了。他的哥哥们对待他的毒辣手段，比你们更残酷呢。他们把约瑟扔在枯井里。你们干了同样的事情，快快向真主求饶吧！真主是仁慈的，他会饶恕你们。我呢，你们不必多虑，我不跟你们计较，我会原谅你们的。"

朱特好言安慰他的两个哥哥，让他们安心，然后把他在苏士地区的遭遇，到麦加城碰到迈德，获得戒指的经过，一一叙述了一遍。他们听了，说道：

"弟弟，你饶恕我们吧。今后我们再不会这样了，否则你怎么处罚我们都行。"

"没关系，这没有什么。国王怎样对待你们的，请告诉我吧。"

"他拷打、威胁我们，把两个鞍袋抢走了。"

"没关系，我不怕他。"

# 朱特的宏伟宫殿

朱特一擦戒指，腊尔顿·哥绥出现在他面前。他的两个哥哥见此情景，非常害怕，以为朱特要叫他杀死自己，因此慌忙向母亲求救，说道："妈妈，看在我们母子情分上，求你替我们说情，救救我们吧。"

"儿啊！你们别怕，他不会伤害你们。"朱特的母亲安慰他们道。

接着朱特吩咐仆人："我命你到王宫，把国王宝库中的金银财富全都给我搬来，一点儿不留，把他抢走的那个鞍袋也夺回来。"

"是，遵命。"仆人回答着。

一会儿后，王宫中的全部财宝和两个鞍袋全被搬到朱特家中。哥绥说："报告主人，全都拿来了，王宫中什么也没留下。"

朱特把装金银珠宝的鞍袋交给他母亲收藏，另一个则自己留着，又吩咐仆人："我命你今天连夜给我建一幢宏伟的宫殿，必须金碧辉煌、富丽堂皇。限黎明之前修完。"

"遵命！"仆人执行命令去了。朱特从鞍袋中取出饮食，和母亲、哥哥们一起吃喝享受，饱餐一顿，然后上床睡觉。

仆人腊尔顿·哥绥接受建宫殿的使命后，不敢怠慢，把助手们召集起来，给他们派活儿，众魔分工合作，紧张地工作着，整整忙了一夜。黎明未到，便建成一幢非常巍峨的宫殿。

第二天一早，腊尔顿·哥绥去见朱特，说："报告主人，宫殿已经建成，请您过目。"

朱特带着母亲和两个哥哥走出大门，眼睛顿时一亮，一座世间少有的高大辉煌的宫殿映入眼帘。他不费吹灰之力，一个晚上就建成了这座宫殿，他高兴得心花怒放，欣然对母亲说："妈妈，您愿意搬到这幢宫殿里来居住吗？"

"当然，我愿意。"她慌忙说。

朱特一擦戒指，仆人出现在他面前，说道："主人！我应命而来，请吩咐吧。"

"我命你给我挑选白种和黑种姑娘各四十人，再选男仆和奴隶各四十名，安排在宫殿里，供我使唤。"

"遵命！"仆人领命，率领四十名助手，到印度、苏丹、波斯各国，选了一批美丽的少女和精壮的小伙子，带入宫殿，献给朱特。朱特见了，非常满意，吩咐仆人："给他们每人一套最华丽的衣服吧。"

"是。"

"也替我们母子各准备一套。"

仆人遵循命令，马上准备齐全，给他们穿戴起来。朱特指着母亲吩咐奴婢们："这位老太太是你们的主人，你们过来吻她的手吧。从今以后，你们中不论是谁，都得小心伺候老人家，不准违背她。"

姑娘和小伙子们衣着整齐，按朱特的吩咐，吻了他们母子的手。从此宫殿中热闹起来，朱特仿佛国王一般。他的两个哥哥一身华裳，像是宰相。新建的宫殿高大而宽敞，朱特和他母亲住在正殿里，萨勒和莫约各带一部分奴婢，分别住在侧殿中。这样，各人住在自己的殿中，俨然是帝王将相的气派。

# 国王设计对付朱特

国王佘睦·道图派宫中的国库管理官开库取东西，发现库中空空如也，宝物不翼而飞。他吓得大叫一声，昏倒在地上。一会儿，他慢慢苏醒过来，翻身爬起来，急忙锁好库门，跑到国王面前，奏道："报告陛下，国库中的宝物一夜之间全都不见了。"

"我库中的财物吗？这是怎么回事？"

"真是怪事，我一点儿也没动过库中的宝物，怎么会不见了？昨天我到库里去，里面还装得满满的，今天却什么也没了。库门关着，锁没坏，墙也好好的，好像盗贼并没有到过里面啊。"

"那两个鞍袋呢？"

"都不见了。"

国王听了，愤怒透顶，支撑着站起来，吩咐说："走，带我去看看。"他随管库的到库中一看，果然空荡荡的，于是气得不得了，大喊道："是谁胆大包天，敢偷我的宝物？"他怒吼着召见文武百官，兴师问罪。

大臣们得到紧急命令，一个个诚惶诚恐地奔跑上殿，不知国王为何大发雷霆。国王气得脸都变了形，说："各位大臣，你们中是谁不畏王法，竟然偷到我的头上来了？"

"这是怎么一回事呢？"文武官员齐声惊问。

"你们去问管库的吧。"

大臣们心怀好奇，向管库的打听。

管库的说："昨天库里还装得满满的，今天我开门进去，里面的财物却不翼而飞。我仔细检查过，门窗、墙壁好好的，一切都原封未动。"

大家听了管库的话，面面相觑，十分惊诧，谁也不出声。这时，前次密告朱特两个哥哥的那个护卫挺身而出，说道："报告陛下，昨晚，我看见许多匠人在修建一座宫殿，干了一个通宵。今天早晨，就建成了一幢无比富丽堂皇的宫殿。我一打听，据说是朱特回来了，宫殿正是他建的。他变得拥有万贯财产，他的两个哥哥也被他从狱中救了出去，他家中婢仆成群，过着帝王般的生活。"

"嗯，你们快去监狱里看看。"国王吩咐大臣。

大臣们奉命，奔到监狱里，萨勒和莫约早已无影无踪。于是他们又蜂拥奔到殿前，报告结果。国王长叹一声，说道："我的仇人算是给找到了。那个劫狱放走萨勒和莫约的人，显然也是将我财产洗劫一空的人。"

大臣们听了都摸不着头脑。宰相问道："陛下，到底这个人是谁？"

国王怒不可遏地说道："就是那两个犯人的弟弟朱特！两个鞍袋也是他偷走的。我命你派五十名士兵去，把朱特兄弟几个全都给我逮来，绞死他们。记住封存他们的全部财产。快去！马上去！把他们绑来！不杀他们难解我心头之恨！"

"陛下息怒，暂时忍一忍吧，真主是最能容忍的。仆人犯了过失，真主都不急于处罚他。如果传闻属实，那么一个能在一晚上建筑一幢宫殿的人，必定是天下无敌的。弄不好捉不到朱特，反而会上他的当，吃大亏。主上权且忍耐，待为臣弄清真相，筹划周密，再作理论。陛下迟早会如愿的。"

"好！你给我出个主意吧。"

"我派使臣去请他前来赴宴，向他表示友好，暗中把他囚禁起来，静观他的动静。如果他确实厉害，我们就斗智不斗力；他要是软弱无能，我们就下手捉住他。到时陛下就可以任意处置他了。"

"好的，照你说的办吧。"

宰相于是派了一个叫埃密尔·鄂斯曼的官员去请朱特。临行，国王又亲自嘱咐使臣：

"你一定要把他带来。"

# 朱特与国王的兵马

埃密尔·鄂斯曼为人粗鲁愚蠢，骄傲无礼。他带领五十名随从，大摇大摆地来到朱特门口。这时，朱特的一个仆人正坐在门前。他走过去，问道："喂！你们主人在哪儿？"

"他在宫殿里。"仆人冷淡地回答一声。

使臣发火了，喝道："坏奴才！我跟你说话呢，你死气沉沉地也不起身，不害臊吗？"

"滚开，少啰唆！"

使臣不知他是鬼神，一听此言，怒发冲冠，举起拐棍要打他。仆人见他动武，一下子跳起来，扑过去夺下他的拐棍，把他按在地上，狠狠地揍了四十棍。那五十名随从一看主子挨了打，一齐拔出宝剑，向仆人砍杀。

"狗杂种，你们要动武吗？"仆人大吼一声，抢起拐棍，打得他们头破血流，抱头鼠窜而逃。等他们逃跑了，仆人才又从容地回到门前坐下。

使臣和他的随从们狼狈不堪地逃回王宫。使臣向国王诉苦，奏道："报告陛下，我奉命请客，到朱特门前，只见一个仆人大模大样地坐着，他见了我们，目空一切，态度轻蔑，我跟他说话他也不起身。我火了，举起拐棍要打他，可是他反夺了我的拐棍，打了我一顿，我的随从都挨了他的狠打。我们招架不住，败阵而逃。"

国王一听，气昏了头，吩咐道："派一百个人去抓他。"

宰相遵命，派出一百士兵赶到朱特门前。那仆人也不通报，与他们大打一番，把他们全打跑了，又若无其事地回到门前坐下。

宰相派去的一百人大败而归，回宫报告，说道："启奏陛下，我们打不过他，只好逃回来了。"

国王越发生气，吩咐道："出动两百人去对付那个家伙吧。"

宰相又遵命，派两百人赶到朱特门前，但仍然招架不住，又被打得逃回宫中。国王吃惊之余，对宰相说："你亲自调五百人马，速去把那个仆人和朱特兄弟给我抓来。"

"陛下，不必带人马，臣一人前去就够了。"

"好的。你要随机应变啊。"

宰相卸下宝剑，身穿素服，手持念珠，独自一人来到朱特门前。

他彬彬有礼地向仆人问好。仆人回道："人啊！你要做什么？"

宰相听仆人称他为人，知道仆人属于神，心里一怔，哆嗦地回道："请问你们的主人朱特在家吗？"

"是，他在宫殿里。"

"请你告诉他，国王佘睦·道图在王宫设宴请他，请向他致意，敬请他光临。"

"你等一等，我先去请示。"

宰相规规矩矩地站在门前，等候回话。

# 朱特与国王

仆人走进宫殿，对朱特报告："主人，刚才发生了一些事。国王先派了一个使臣，带了五十名随从前来见你，态度无礼，被我打跑了；接着他们增派一百人来，同样被我打败；然后派来二百人，仍然被我打退；现在他却派了宰相一个人来，说是请你赴宴，你怎么决定？"

"哦！让宰相来见我吧。"

仆人遵循命令，回到门前，对宰相说："相爷，我们主人请你进去，有话对你说。"

"遵命。"宰相回答着，进入宫殿，见朱特威风凛凛，俨然是极有权势的帝王，他座位上铺着的华丽毯子令帝王逊色。宰相望着雕梁画栋、富丽堂皇的宫殿，感到难以置信。在这里，即使是他这样一位堂堂的宰相，也自惭形秽，显得寒碜。他不由自主地跪下，吻了地面，祝福朱特。朱特问道：

"阁下光临寒舍，请问有何见教？"

"您的朋友，国王佘睦·道图陛下向您致意。他一向渴望着与阁下见面，特设宴席，恭请阁下赴宴，不知阁下能否赏光？"

"既然是我的朋友，请替我向他致意，请他做我的客人，到我这儿来赴宴。"

"遵命。"宰相同意了。

朱特取出戒指，召唤仆人。他吩咐道："给我一套好衣服。"仆人遵命，立刻拿来一套衣服。朱特把衣服拿给宰相，说道："送给你穿吧。"宰相顺从地穿上衣服，朱特又嘱咐道："请把我的话转告给国王陛下。"

宰相从未穿过如此华丽的衣服，欣然告退，急急忙忙回到宫中，把朱特的气派和他宫殿的内幕情况全都报告了国王，最后说道："朱特准备了筵席，请陛下赴宴。"

国王非常高兴，欣然同意，立刻吩咐卫队："给我牵马来，你们也都骑上战马，随我赴宴去。"

于是国王率领大批人马，浩浩荡荡，前去赴宴。到达朱特宫中，只见院落中站满了膀大腰圆的武士，不禁有些诧异。原来朱特等宰相走后，吩咐仆人："去把你的助手招来，扮成一支队伍，站在院子里，好让国王见了有所畏惧，知道我比他实力强大。"仆人遵命招来二百名助手，扮成武士，威风八面，勇猛过人，因此国王看见他们，感到恐怖、畏惧。

国王来到宫殿中，走近朱特，见他坐在一张豪华的、非帝王将相可以比拟的宝座上，不禁肃然起敬，恭恭敬敬地问候他，祝福他，可是朱特却若无其事地端坐着，不予理睬，并没有给他预备座位，也不请他坐。国王感到尴尬，既不能坐下，也无法退出，进退两难。心想："即使他有三分畏惧我，那也不至于对我不理不睬，也许是因为我虐待过他哥哥的缘故，他在报复我吧。"

正当他左思右想时，朱特突然对他说：

"国王陛下！像你这样的父母官，我认为不该随便虐待百姓，更不该随便没收别人的财物。"

"阁下请原谅我吧！我受贪婪引诱，才做出那件蠢事。谁不犯错误和过失呢？如果世间不存在错误和过失，那也就用不着宽恕了。"

国王承认自己的错误，恳求原谅。

最后朱特慨然原谅了他，说道："愿真主饶恕你。"于是让他坐，格外尊敬他，叫他的两个哥哥摆出筵席，殷勤款待国王。宴罢，朱特赠给国王的卫士每人一套衣服，宾主尽欢而散。

国王带卫队欣然回宫。

从那以后，他与朱特情投意合，感情很好。每天都上朱特宫殿中，甚至于在朱特宫殿举行朝拜。他们的友谊日益深厚。

# 朱特登上王位

国王就这样与朱特成了密友。有一天，国王找宰相密谈，说出了心里的担心："爱卿，朱特能力太强，我怕他有朝一日会来篡夺我的权位。"

"陛下，请别顾虑，篡位的事恐怕不可能吧。因为朱特现在的境况已是远在国王之上。他要是夺取江山，做了国王，身份反而会降低。如果陛下担心，不如索性把公主嫁给他。他做了驸马，成为陛下的东床快婿，你们翁婿便利益相连了。"

"那好，请你做媒，促成好事吧。"

"陛下，你请他来赴宴，我们陪他在客厅中聊天，叫公主收拾打扮起来，穿戴华丽，从客厅门前走过。他看见公主的美貌，必然一见钟情。这时我见机行事，假装瞒着陛下悄悄告诉他，那就是公主，他会向陛下求婚的。一旦陛下把公主许配给他，你们翁婿便成为一体，陛下就可以高枕无忧了。如果他一命呜呼，陛下还可以继承他庞大的财产呢。"

"对！你说得对。"

国王于是备办筵席，请朱特赴宴。

朱特应邀到王宫，和宾客们坐在客厅里吃喝谈笑。傍晚时分，国王派人到后宫吩咐王后，让她替公主穿戴整齐，打扮漂亮后，带到客厅走一走。王后遵命把公主打扮得花枝招展，领她从客厅门前姗姗地走过。朱特一见公主的倩影，顿时神魂颠倒，抑制不住羡慕之情，喟然长叹。

宰相机灵地问道："阁下没事吧？怎么你的脸色如此苍白，是不是不

舒服？"

"阁下！这位小姐是谁？"

"哦！那是公主殿下。你要是看中她，我就去劝国王，把她许配给你。"

"那多谢了！请告诉国王，让我们结成眷属吧。以我的生命起誓，你要什么，我给你什么。国王想要什么样的聘礼，尽管开口吧。"

"你的希望会实现的。"

宰相跟朱特谈妥后，这才悄悄地对国王说："陛下！朱特希望娶阿西叶公主为妻，托我做媒求亲，希望陛下别使臣失望，接受臣的这番好意吧。陛下需要什么样的聘礼，他随时奉献。"

"聘礼不必收了。他肯接受小女为妻，我感到不胜荣幸。"

第二天早朝一完，国王就召集文武官员、绅士和法官，共聚一堂，替朱特和阿西叶公主举行订婚仪式，写下婚书。朱特派人取来盛金银珠宝的那个鞍袋，作为聘礼。接着就举行了婚礼。婚礼上鼓乐齐鸣，热闹非凡。

朱特娶了阿西叶公主，成为王亲国戚，过了一段悠闲舒适的日子后，国王驾崩。

由于朱特深得人心，举国一致要求他继承王位。他谦虚退让，拒不接受，可是人人拥戴他，他最后终于登上王位。

朱特做了国王，派匠人在先王陵园建了一幢寺庙，并拨出一笔经费，做慈善事业，救济贫困潦倒的穷人。后来，他又花大笔钱财重建宫殿，广设寺院，以自己的姓名给王宫所在的街道命名。之后，他请他的两个哥哥为左右宰相，以便大家共谋国事。

## 朱特遇难被杀

朱特和两个哥哥共同执政。一年后，萨勒便对莫约说："兄弟，这太令人丧气了！难道我们就这样，给朱特当一辈子奴隶吗？他活着，我们就难以执政，只能低三下四。我想，我们应该杀死他，占有那戒指和鞍袋才行。"

"你见多识广，出个主意吧。"

"如果我出主意，杀了他后，你愿尊我为国王，你当宰相；戒指归我，鞍袋归你吗？"

"我愿意。"

于是，萨勒和莫约为独揽大权，享受极乐，共同设计谋杀朱特。

一天，他俩约好一齐去见朱特，说道："兄弟，我们打算请你到我们家里一块儿吃喝，大家乐一乐。"他俩花言巧语，用好听的话欺骗朱特，最后，一边拉他走，一边说道："走吧！我们一起去吃喝、快乐吧。"

"好吧，不过上哪位家中去呢？"朱特终于同意了。

"先到我家，然后再上莫约家吧。"

"行，这没关系。"朱特答应着，先到了萨勒的相府。萨勒在饮食中下了毒药。朱特吃后立即中毒，肌肉松弛，软弱无力。萨勒趁他奄奄一息的时候，去脱他手上的戒指，朱特挣扎着不让脱，萨勒一刀割掉了他的手指，抢走了戒指。

萨勒在戒指上一擦，仆人立刻出现在他面前，说道：

"主人！我应命而来，请吩咐吧。"

"去捉住我弟弟莫约，杀死他，然后把朱特和莫约的尸体一同拿去抛在军中示众。"

仆人遵命，杀了莫约，把两具尸体拿去抛在军中。当时官兵正在吃喝，突然看见了两具尸体从天而降，大吃一惊，全都目瞪口呆，问道：

"是谁杀了国王和宰相呢？"

"是我的主人萨勒吩咐我这样做的。"

戒指的仆人刚说完，萨勒赶到了，说道："官兵们！你们尽情吃喝吧。现在我拥有朱特的魔力戒指了。这位是戒指的仆人，我命令他杀了莫约，免得他来和我争夺王位，因为他奸险成性，我怕他谋杀我。朱特也同样被杀掉了。现在我是你们的国王，要是你们不愿意，我就叫戒指的仆人把你们全都杀死。"

"我们全都愿意。"官兵们赶紧回答。

# 萨勒自投罗网

萨勒派人埋葬了两个弟弟，命令官员一齐入朝。于是人们有的参加葬礼，有的列队上朝。萨勒威风凛凛地高踞王位。文武官员慑于他的权威，只好正式推他为国王。接着他对官员们说：

"我要娶我弟弟的老婆为妻，你们立刻办好我们的结婚手续。"

"等过了寡妇再嫁的限期再举行婚礼吧。"官员们建议。

"我不懂什么限期不限期！我非今晚成婚不可。"

官员们被迫替他写好婚书，派人通知阿西叶公主。公主听了也不反对，说："今晚让他进洞房吧。"

接着她收拾打扮，准备起来。

夜里，萨勒进入洞房，阿西叶公主假装笑逐颜开，伺候他，暗中却把毒药放在杯中，毒死了萨勒，脱下他手上的戒指。为了不让它再挑起人们的争斗，她把戒指砸得粉碎。然后，她去见最高执法官，报告情况。最后她说道："希望你们另请高明者做你们的国王吧。"

# 老约翰妮讲的故事

[丹麦] 安徒生

风儿在老柳树间呼啸。

这听起来像一支歌，风儿唱出它的调子，树儿讲出它的故事。如果你不懂得它的话，那么请你去问住在济贫院里的约翰妮吧。她知道，因为她是在这个区域里出生的。

多少年以前，当这地方还有一条公路的时候，这棵树已经很大、很引人注目了。它现在仍然立在那个老地方——在裁缝那座年久失修的木屋子外面，在那个水池的旁边。那时候池子很大，家畜常常在池子里洗澡。在炎热的夏天，农家的孩子常常光着身子，在池子里拍来拍去。柳树底下有一个里程碑。它现在已经倒了，上面长满了黑莓子。

在一个富有的农人的农庄的另一边，现在筑起了一条新公路。那条老公路已经成了一条田埂，那个池子成了一个长满了浮萍的水坑。一只青蛙跳下去，浮萍就散开了，于是人们就可以看到黑色的死水。它的周围生长着一些香蒲、芦苇和金黄的鸢尾花，而且还在不断地增多。

裁缝的房子又旧又歪，它的屋顶是青苔和石莲花的温床。

鸽房塌了，欧椋鸟筑起自己的窠来。山形墙和屋顶下挂着的是一连串燕子窠，好像这儿是一块儿幸运的住所似的。

这是某个时候的情形，但是现在它是孤独和沉寂的。"孤独的、无能的、可怜的拉斯木斯。"——大家这样叫他——住在这儿。他是在这儿出生的。他在这儿玩耍过，在这儿的田野和篱笆上跳跃过。他小时候在这个池子里拍过水，在这棵老树上爬过。

树上曾经长出过美丽的粗枝绿叶，它现在也仍然是这样。不过大风已

101

经把它的躯干吹得有点儿弯了，而时间在它身上刻出了一道裂口。风把泥土吹到裂口里去，现在它里面长出了草和绿色植物。是的，它里面甚至还长出了一棵小山梨。

燕子在春天飞来，在树上和屋顶上盘旋，修补它们的旧窠。但是可怜的拉斯木斯却让自己的窠自生自灭，他既不修补它，也不扶持它。"那有什么用呢？"这就是他的格言，也是他父亲的格言。

他待在家里。燕子——忠诚的鸟儿——从这儿飞走了，又回到这儿来。欧椋鸟飞走了，但是也飞回来，唱着歌。有个时候，拉斯木斯也会唱，并且跟它比赛。现在他既不会唱，也不会吹。

风儿在这棵老柳树上呼啸——它仍然在呼啸，这听起来像一支歌：风儿唱着它的调子，树儿讲着它的故事。如果你听不懂，可以去问住在济贫院里的约翰妮。她知道，她知道许多过去的事情，她像一本写满了字和回忆的记录。

当这是完好的新房子的时候——村里的裁缝依瓦尔·奥尔塞和他的妻子玛伦一起迁进去住过。他们是两个勤俭、诚实的人。年老的约翰妮那时还不过是一个孩子，她是这地区里一个最穷的人——一个木鞋匠的女儿。玛伦从来不短少饭吃，约翰妮从她那里得到过不少黄油面包。玛伦跟地主太太的关系很好，永远是满面笑容，一副高兴的样子。她从来不悲观。她的嘴很能干，手也很能干。她善于使针，正如她善于使嘴一样。她会料理家务，也会料理孩子——她一共有十二个孩子，第十二个已经不在了。

"穷人家老是有一大窠孩子！"地主牢骚地说，"如果他们能把孩子像小猫似的淹死，只留下一两个身体最强壮的，那么他们也就不至于穷困到这种地步了！"

"愿上帝保佑我！"裁缝的妻子说，"孩子是上帝送来的，他们是家庭的幸福，每一个孩子都是上帝送来的礼物！如果生活紧，吃饭的嘴巴多，一个人就更应该努力，更应该想尽办法，老实地活下去。只要我们自己不松劲，上帝一定会帮助我们的！"

地主的太太同意她这种看法，和善地对她点点头，摸摸玛伦的脸，这样的事情她做过许多次，甚至还吻过玛伦，不过这是她小时候的事，那时玛伦是她的奶妈。她们那时彼此都喜爱，她们现在仍然是这样。

每年圣诞节，总有些冬天的粮食从地主的公馆送到裁缝的家里来：一桶牛奶，一只猪，两只鹅，10多磅黄油，干奶酪和苹果。这大大地改善了他们的伙食情况。依瓦尔·奥尔塞那时感到非常满意，不过他的那套老格言马上又来了："这有什么用呢？"

他屋子里的一切东西，窗帘、荷兰石竹和凤仙花，都是很干净和整齐的。画框里镶着一幅绣着名字的刺绣，它的旁边是一篇有韵的"情诗"。这是玛伦·奥尔塞自己写的。她知道诗应该怎样押韵。她对于自己的名字感到很骄傲，因为在丹麦文里，它和"包尔寒"（香肠）这个字是同韵的。"与众不同一些总是好的！"她说，同时大笑起来。她的心情老是很好，她从来不像她的丈夫那样，说："有什么用呢？"她的格言是："依靠自己，依靠上帝！"她照这个信念办事，把家庭维系在一起。孩子们长得很大，很健康，旅行到遥远的地方去，发展也不坏。拉斯木斯是最小的一个孩子。他是那么可爱，城里一个最伟大的艺术家曾经有一次请他去当模特儿。他那时什么衣服也没有穿，像他初生到这个世界上来的时候一样，这幅画现在挂在国王的宫殿里。地主的太太曾经在那儿看到过，而且还认得出小小的拉斯木斯，虽然他没有穿衣服。

可是现在困难的日子到来了。裁缝的两只手生了关节炎，而且长出了很大的瘤。医生一点儿办法也没有，甚至会"治病"的那位"半仙"斯娣妮也想不出办法来。

"不要害怕！"玛伦说，"垂头丧气是没有用的！现在爸爸的一双手既然没有用，那么我就要多使用我的一双手了。小拉斯木斯也可以使针了！"

他已经坐在案板旁边工作，一面吹着口哨，一面唱着歌。

他是一个快乐的孩子。

妈妈说他不能老是整天坐着，这对于孩子是一桩罪过，他应该活动和玩耍。

他最好的玩伴是木鞋匠的那个小小的约翰妮。她家比拉斯木斯家更穷。她长得并不漂亮，她露着光脚，穿着破烂的衣服。没有谁来替她补，她自己也不会做。她是一个孩子，快乐得像我们上帝的阳光中的一只小鸟儿。

拉斯木斯和约翰妮在那个里程碑和大柳树旁边玩耍。

他有伟大的志向。他要做一个能干的裁缝，搬进城里去住——他听到爸爸说过，城里的老板能雇用十来个师傅。他想当一个伙计，将来再当一个老板。约翰妮可以来拜访他。如果她会做饭，她可以为大伙儿烧饭。他将给她一间大房间住。

约翰妮不敢相信这类事情。不过拉斯木斯相信这会成为事实。

他们这样坐在那棵老树底下，风在叶子和枝丫之间吹：风儿仿佛是在唱歌，树儿仿佛是在讲话。

在秋天，每片叶子都落下来了，雨点从光秃秃的枝子上滴下来。

"它会又变绿的！"奥尔塞妈妈说。

"有什么用呢？"丈夫说，"新的一年只会带来新的忧愁！"

"厨房里装满了食物呀！"妻子说，"为了这，我们要感谢我们的女主人。我很健康，精力旺盛。我们发牢骚是不对的！"

地主一家人住在乡下别墅里过圣诞节。可是在新年过后的那一周里，他们就搬进城里去了。他们在城里过冬，享受着愉快和幸福的生活：他们参加跳舞会，甚至还参加国王在场的宴会。

女主人从法国买来了两件华贵的时装。在质量、式样和缝制艺术方面讲，裁缝的妻子玛伦以前从来没有看到过这样漂亮的东西。她请求太太说，能不能把丈夫带到她家里来看看这两件衣服。她说，一个乡下裁缝从来没有机会看到这样的东西。

他看到了，在他回家以前，他什么意见也没有表示。他所说的只不过是老一套："这有什么用呢？"这一次他说对了。

主人到了城里。跳舞和欢乐的季节已经开始了，不过在这种快乐的时候，老爷忽然死了。太太不能穿那样美丽的时装。她感到悲痛，她从头到脚都穿上了黑色的丧服，连一条白色的缎带都没有。所有的仆人也都穿上了黑衣，甚至他们的大马车也蒙上了黑色的细纱。

这是一个寒冷、冰冻的夜。雪发出晶莹的光，星星在眨眼。沉重的枢车装着尸体从城里开到家庭的教堂里来，尸体就要埋葬在家庭的墓窖里的。管家和教区的小吏骑在马上，拿着火把，在教堂门口守候。教堂的光照得很亮，牧师站在教堂敞开的门口迎接尸体。棺材被抬到唱诗班里去，所有的人都在后面跟着。牧师发表了一篇演说，大家唱了一首圣诗。太太也在教堂里，她是坐在蒙着黑纱的马车里来的。它的里里外外全是一片黑色，人们在这个教区里从来没有看见过这样的情景。

整个冬天大家都在谈论着这位老爷的葬礼。"这才算得是一位老爷的入葬啊。"

"人们可以看出这个人是多么重要！"教区的人说，"他生出来很高贵，埋葬时也很高贵！"

"这又有什么用呢？"裁缝说，"他现在既没有了生命，也没有了财产。这两样东西中我们起码还有一样！"

"请不要这样讲吧！"玛伦说，"他在天国里永远是有生命的！"

"谁告诉你这话，玛伦？"裁缝说，"死尸只不过是很好的肥料罢了！不过这人太高贵了。连对泥土也没有什么用，所以只好让他躺在一个教堂的墓窖里！"

"不要说这种不信神的话吧！"玛伦说，"我再对你讲一次，他是会永生的！"

"谁告诉你这话，玛伦？"裁缝重复说。

玛伦把她的围裙包在小拉斯木斯头上，不让他听到这番话。

她哭起来，把他抱到柴草房里去。

"亲爱的拉斯木斯，你听到的话不是你爸爸讲的。那是一个魔鬼，在屋子里走过，借你爸爸的声音讲的！祷告上帝吧。我们一起来祷告吧！"她把这孩子的手合起来。

"现在我放心了！"她说，"要依靠你自己，要依靠我们的上帝！"

一年的丧期结束了。寡妇现在只戴着半孝。她的心里很快乐。

外面有些谣传，说她已经有了一个求婚者，并且想要结婚。玛伦知道一点儿线索，而牧师知道得更多。

在棕枝主日①那天，做完礼拜以后，寡妇和她的爱人的结婚预告就公

布出来了。他是一个雕匠或一个刻匠，他的这行职业的名称还不大有人知道。在那个时候，多瓦尔生和他的艺术还不是每个人所谈论的题材。这个新的主人并不是出自望族，但他是一个非常高贵的人。大家说，他这个人不是一般人所能理解的。他雕刻出人像来，手艺非常巧。他是一个貌美的年轻人。

"这有什么用呢？"裁缝奥尔塞说。

在棕枝主日那天，结婚预告在牧师的讲道台上宣布出来了。接着大家就唱圣诗和领圣餐。裁缝和她的妻子和小拉斯木斯都在教堂里，爸爸和妈妈去领圣餐。拉斯木斯坐在座位上——他还没有受过坚信礼。裁缝的家里有一段时间没有衣服穿。他们所有的几件旧衣服已经被翻改过了好几次，补了又补。现在他们三个人都穿着新衣服，不过颜色都是黑的，好像他们要去送葬似的，因为这些衣服是用盖着柩车的那块黑布缝的。丈夫用它做了一件上衣和裤子，玛伦做了一件高领的袍子，拉斯木斯做了一套可以一直穿到受坚信礼时的衣服。柩车的盖布和里布他们全都利用了。谁也不知道，这布过去是做什么用的，不过人们很快就知道了。那个"半仙"斯娣妮和一些同样聪明、但不靠"道法"吃饭的人，都说这衣服给这一家人带来灾害和疾病。"一个人除非是要走进坟墓，决不能穿蒙柩车的布的。"

木鞋匠的女儿约翰妮听到这话就哭起来。事有凑巧，从那天起，那个裁缝的情况变得一天不如一天，人们不难看出谁会倒霉。

事情摆得很明白的了。

在三一主日②后的那个礼拜天，裁缝奥尔塞死了。现在只有玛伦一个人来维持这个家庭了。她坚持要这样做。她依靠自己，依靠我们的上帝。

第二年拉斯木斯受了坚信礼。这时他到城里去，跟一个大裁缝当学徒。这个裁缝的案板上没有十二个伙计做活儿，他只有一个。而小小的拉斯木斯只算半个。他很高兴，很满意，不过小小的约翰妮哭起来了。她爱他的程度超过了她自己的想象。裁缝的未亡人留守在老家，继续做她的工作。

这时有一条新的公路开出来了。柳树后边和裁缝的房子旁边的那条公路，现在成了田埂；那个水池变成了一潭死水，长满了浮萍。那个里程碑也倒下来了——它现在什么也不能代表。不过那棵树还是活的，既强壮，又好看。风儿在它的叶子和枝丫中间发出呼啸声。

燕子飞走了，欧椋鸟也飞走了，不过它们在春天又飞回来。当它们在第四次飞回来的时候，拉斯木斯也回来了。他的学徒期已结束了。他虽然很瘦削，但是一个漂亮的年轻人。他现在想背上背包，旅行到外国去。这就是他的心情。

可是他的母亲留住他不放，家乡究竟是最好的地方呀，别的几个孩子都星散了，他是最年轻的，他应该待在家里。只要他留在这个区域里，他的工作一定会做不完。他可以成为一个流动的裁缝，在这个田庄里做两周，在那个田庄里留半个月就成。这也是旅行呀。拉斯木斯遵从了母亲的劝告。

他又在他故乡的屋子里睡觉了，他又坐在那棵老柳树底下，听它呼啸。

他是一个外貌很好看的人。他能够像一个鸟儿似的吹口哨，唱出新的和旧的歌。他在所有的大田庄上都受到欢迎，特别是在克劳斯·汉生的田庄上。这人是这个区域里第二个富有的农夫。

他的女儿爱尔茜像一朵最可爱的鲜花。她老是笑着。有些不怀好意的人说，她笑是为了要露出美丽的牙齿。她随时都会笑，而且随时有心情开玩笑。这是她的性格。

她爱上了拉斯木斯，他也爱上了她。但是他们没有用语言表达出来。

事情就是这样，他心中变得沉重起来。他的性格很像他父亲，而不大像母亲。只有当爱尔茜来的时候，他的心情才活跃起来。他们两人在一起笑，讲风趣话，开玩笑。不过，虽然适当的机会倒是不少，他却从来没有私下吐出一个字眼来表达他的爱情。"这有什么用呢？"他想，"她的父亲为她找有钱的人，而我没有钱。最好的办法是离开此地！"然而他不能从这个田庄离开，仿佛爱尔茜用一根线把他牵住了似的。在她面前他好像是一只受过训练的鸟儿：他为了她的快乐和遵照她的意志而唱歌，吹口哨。

木鞋匠的女儿约翰妮就在这个田庄上当佣人，做一些普通的粗活。她赶着奶车到田野里去，和别的女孩子们一起挤奶。在必需的时候，她还要运粪呢。她从来不走到大厅里去，因此也就不常看到拉斯木斯或爱尔茜，不过她听到别人说过，他们两人的关系几乎说得上是恋人。

"拉斯木斯真是运气好，"她说，"我不能嫉妒他！"于是她的眼睛就湿润了，虽然她没有什么理由要哭。

这是城里赶集的日子。克劳斯·汉生驾着车子去赶集，拉斯木斯也跟他一道去。他坐在爱尔茜的身旁——去时和回来时都是一样。他深深地爱她，但是一个字也不吐露出来。

"关于这件事，他可以对我表示一点儿意见呀！"这位姑娘想，而且她想得有道理，"如果他不开口的话，我就得吓他一下！"

不久农庄上就流传着一个谣言，说区里有一个最富有的农夫在向爱尔茜求爱。他的确表示过了，但是她对他作什么回答，暂时还没有谁知道。

拉斯木斯的思想里起了一阵波动。

有一天晚上，爱尔茜的手指上戴上了一个金戒指，同时问拉斯木斯这是什么意思。

"订了婚！"他说。

"你知道跟谁订了婚吗？"她问。

"是不是跟一个有钱的农夫？"他说。

"你猜对了！"她说，点了一下头，于是就溜走了。

但是他也溜走了。他回到妈妈的家里来，像一个疯子。他打好背包，要向茫茫的世界走去。母亲哭起来，但是也没有办法。

他从那棵老柳树上砍下一根手杖，他吹起口哨来，好像很高兴的样子。他要出去见见世面。

"这对于我是一件很难过的事情！"母亲说，"不过对于你来说，最好的办法当然是离开，所以我也只得听从你了。依靠你自己和我们的上帝吧，我希望再看到你的时候，你又是那样快乐和高兴！"

他沿着新的公路走。他在这儿看见约翰妮运着一大车粪。她没有注意到他，而他也不愿意被她看见，因此他就坐在一个篱笆的后面，躲藏起来。约翰妮赶着车子走过去了。

他向茫茫的世界走去，谁也不知道他走向什么地方。他的母亲以为他在年终以前就会回来的："他现在有些新的东西要看，新的事情要考虑。

但是他会回到旧路上来的，他不会把一切记忆都一笔勾销的。在气质方面，他太像他的父亲。可怜的孩子！我倒很希望他有我的性格呢。但是他会回家来的。他不会抛掉我和这间老屋子的。"

母亲等了许多年。爱尔茜只等了一个月。她偷偷地去拜访那个"半仙"——麦得的女儿斯娣妮。这个女人会"治病"，会用纸牌和咖啡算命，而且还会念《主祷文》和许多其他的东西。她还知道拉斯木斯在什么地方。这是她从咖啡的沉淀中看出来的。他住在一个外国的城市里，但是她研究不出它的名字。这个城市里有兵士和美丽的姑娘，他正在考虑去当兵或者娶一个姑娘。

爱尔茜听到这话，难过到极点。她愿意拿出她所有的储蓄，把他救出来，可是她不希望别人知道她在做这件事情。

老斯娣妮说，他一定会回来的。她可以做一套法事——一套对于有关的人说来很危险的法事，不过这是一个不得已的办法。她要为他熬一锅东西，使他不得不离开他所在的那个地方。锅在什么地方熬，他就得回到什么地方来——回到他最亲爱的人正在等着他的地方来。可能他要在好几个月以后才能回来，但是如果他还活着的话，他一定会回来的。

他一定是在日夜不停地、翻山涉水地旅行，不管天气是温和还是严寒，不管他是怎样劳累。他应该回家来，他一定要回家来。

月亮正是上弦。老斯娣妮说，这正是做法事的时候。这是暴风雨的天气，那棵老柳树裂开了，斯娣妮砍下一根枝条，把它绾成一个结——它可以把拉斯木斯引回到他母亲的家里来。她把屋顶上的青苔和石莲花都采下来，放进火上熬着的锅里去。这时爱尔茜得从《圣诗集》上扯下一页来。她偶然扯下了印着勘误表的最后一页。"这也同样有用！"斯娣妮说，于是便把它放进锅里去了。

汤里面必须有种种不同的东西，得不停地熬，一直熬到拉斯木斯回到家里来为止。斯娣妮房间里的那只黑公鸡的冠子也得割下来，放进汤里去。爱尔茜的那个大金戒指也得放进去，而且斯娣妮预先告诉她，放进去以后就永远不能收回。她，斯娣妮，真是聪明。许多我们不知其名的东西也被放进锅里去了。锅一直放在火上、发光的炭上或者滚热的炭上。只有

她和爱尔茜知道这件事情。

月亮盈了，月亮亏了。爱尔茜常常跑来问："你看到他回来没有？"

"我知道的事情很多！"斯娣妮说，"我看得见的事情很多！不过他走的那条路有多长，我却看不见。他一会儿在走过高山！一会儿在海上遇见恶劣的天气！穿过那个大森林的路是很长的，他的脚上起了泡，他的身体在发热，但是他得继续向前走！"

"不成！不成！"爱尔茜说，"这叫我感到难过！"

"他现在停不下来了！因为如果我们让他停下来的话，他就会倒在大路上死掉了！"

许多年又过去了！月亮又圆又大，风儿在那棵老树里呼啸，天上的月光中有一条长虹出现。

"这是一个证实的信号！"斯娣妮说，"拉斯木斯要回来了。"

可是他并没有回来。

"还需要等待很长的时间！"斯娣妮说。

"现在我等得腻了！"爱尔茜说。她不再常来看斯娣妮，也不再带礼物给她了。

她的心略微轻松了一些。在一个晴朗的早晨，区里的人都知道爱尔茜对那个最有钱的农夫表示了"同意"。

她去看了一下农庄和田地，家畜和器具。一切都布置好了。现在再也没有什么东西可以延迟他们的婚礼了。

盛大的庆祝一连举行了三天。大家跟着笛子和提琴的节拍跳舞。区里的人都被请来了，奥尔塞妈妈也到来了。这场欢乐结束的时候，客人都道了谢，乐师都离去了，她带了些宴会上剩下的东西回到家来。

她只是用了一根插销把门扣住。插销现在却被拉开了，门也开了，拉斯木斯坐在屋子里面。他回到家里来了，正在这个时候回到家里来了。天哪，请看他的那副样子！他只剩下一层皮包骨，又黄又瘦！

"拉斯木斯！"母亲说，"我看到的就是你吗？你的样子多么难看啊！但是我从心眼儿里感到高兴，你又回到我身边来了！"

她把她从那个宴会带回的好食物给他吃——一块牛排，一块结婚的果馅饼。

他说，他在最近一个时期里常常想起母亲、家园和那棵老柳树。说来也真奇怪，他还常常在梦中看见这棵树和光着腿的约翰妮。

至于爱尔茜，他连名字也没有提一下。他现在病了，非躺在床上不可。但是我们不相信，这是由于那锅汤的缘故，或者这锅汤在他身上产生了什么魔力。只有老斯娣妮和爱尔茜才相信这一套，但是她们对谁也不提起这事情。

拉斯木斯躺在床上发热。他的病是带有传染性的，因此除了那个木鞋匠的女儿约翰妮以外，谁也不到这个裁缝的家里来。她看到拉斯木斯这副可怜的样子时，就哭起来了。

医生为他开了一个药方。但是他不愿意吃药。他说：“这有什么用呢？”

“有用的，吃了药你就会好的！”母亲说，“依靠你自己和我们的上帝吧！如果我再能看到你身上长起肉来，再能听到你吹口哨和唱歌，叫我舍弃我自己的生命都可以！”

拉斯木斯渐渐克服了疾病，但是他的母亲却患病了。我们的上帝没有把他召去，却把她叫去了。

这个家是很寂寞的，而且越变越穷。“他已经被拖垮了，”区里的人说，“可怜的拉斯木斯！”

他在旅行中所过的那种辛苦的生活——不是熬着汤的那口锅——耗尽了他的精力，拖垮了他的身体。他的头发变得稀薄和灰白了，什么事情他也没有心情好好地去做。“这又有什么用呢？”他说。他宁愿到酒店里去，而不愿上教堂。

在一个秋天的晚上，他走出酒店，在风吹雨打中，在一条泥泞的路上，摇摇摆摆地向家里走来。他的母亲早已经去世了，躺在坟墓里。那些忠诚的动物——燕子和欧椋鸟——也飞走了。只有木鞋匠的女儿约翰妮还没有走。她在路上赶上了他，陪着他走了一程。

“鼓起勇气来呀，拉斯木斯！”

“这有什么用呢？”他说。

"你说这句老话是没有出息啊！"她说，"请记住你母亲的话吧：'依靠你自己和我们的上帝！'拉斯木斯，你没有这样办！一个人应该这样办，一个人必须这样办呀。切不要说：'有什么用呢？'这样，你就连做事的心情都没有了。"

她陪他走到他屋子的门口才离开。但他没有走进去，他走到那棵老柳树下，在那块倒下的里程碑上坐下来。

风儿在树枝间呼号着，像是在唱歌：又像在讲话。拉斯木斯回答它。他高声地讲，但是除了树和呼啸的风儿之外，谁也听不见他。

"我感到冷极了！现在该是上床去睡的时候了。睡吧！睡吧！"

于是他就去睡了。他没有走进屋子，而是走向水池——他在那儿摇晃了一下，倒下了。雨在倾盆地下着，风吹得像冰一样冷，但是他没有去理它。当太阳升起的时候，乌鸦在水池的芦苇上飞。他醒转来已经是半死了。如果他的头倒到他的脚那边，他将永远不会起来了，浮萍将会成为他的尸衣。

这天约翰妮到这个裁缝的家里来。她是他的救星，她把他送到医院去。

"我们从小时起就是朋友，"她说，"你的母亲给过我吃的和喝的，我永远也报答不完！你将会恢复健康的，你将会活下去！"

我们的上帝要他活下去，但是他的身体和心灵却受到许多波折。

燕子和欧椋鸟飞来了，飞去了，又飞回来了。拉斯木斯已经是未老先衰。他孤独地坐在屋子里，而屋子却一天比一天残破了。他很穷，他现在比约翰妮还要穷。

"你没有信心，"她说，"如果我们没有了上帝，那么我们还会有什么呢？你应该去领取圣餐！"她说，"你自从受了坚信礼以后，就一直没有去过。"

"嗯，这又有什么用呢？"他说。

"如果你要这样讲、而且相信这句话，那么就让它去吧！

上帝是不愿意看到不乐意的客人坐在他的桌子旁的。不过请你想，想你的母亲和你小时候的那些日子吧！你那时是一个虔诚的、可爱的孩子。

我念一首圣诗给你听好吗？"

"这又有什么用呢？"他说。

"它给我安慰。"她说。

"约翰妮，你简直成了一个神圣的人！"他用沉重和困倦的眼睛望着她。

于是约翰妮念着圣诗。她不是从书本子上念，因为她没有书，她是在背诵。

"这都是漂亮的话！"他说，"但是我不能全部听懂。我的头是那么沉重！"

拉斯木斯已经成了一个老人，但是爱尔茜也不年轻了，如果我们要提起她的话——拉斯木斯从来不提。她已经是一个祖母。她的孙女是一个顽皮的小女孩儿，这个小姑娘跟村子里别的孩子在一起玩耍。拉斯木斯拄着手杖走过来，站着不动，看着这些孩子玩耍，对他们微笑——于是过去的岁月就回到他的记忆中来了。爱尔茜的孙女指着他，大声说："可怜的拉斯木斯！"别的孩子也学着她的样儿，大声说："可怜的拉斯木斯！"同时跟在这个老头儿后面尖声叫喊。

那是灰色的、阴沉的一天，一连好几天都是这个样子。不过在灰色的、阴沉的日子后面跟着来的就是充满了阳光的日子。

这是一个美丽的圣灵降临节的早晨。教堂里装饰着绿色的赤杨枝，人们可以在里面闻到一种山林气息。阳光在教堂的座位上照着。祭台上的大蜡烛点起来了，大家在领圣餐。约翰妮跪在许多人中间，可是拉斯木斯却不在场。正在这天早晨，我们的上帝来召唤他了。

在上帝身边，他可以得到慈悲和怜悯。

自此以后，许多年过去了。裁缝的房子仍然在那儿，可是那里面没有任何人住着，只要夜里的暴风雨打来，它就会坍塌。水池上盖满了芦苇和蒲草。风儿在那棵古树里呼啸，听起来好像是在唱一支歌。风儿在唱着它的调子，树儿讲着它的故事。如果你不懂得，那么请你去问济贫院里的约翰妮吧。

她住在那儿，唱着圣诗——她曾经为拉斯木斯唱过那首诗。她在想

他，她——虔诚的人——在我们的上帝面前为他祈祷。她能够讲出在那棵古树中吟唱着的过去的日子，过去的记忆。

[注释]

①棕枝主日（Palms-Sondage）是基督教节日，在复活节前的一个礼拜日举行。据《圣经·新约全书·约翰福音》第十二章第十二至十五节记载，耶稣在受难前，曾骑驴最后一次来到耶路撒冷，受到群众手执棕枝踊跃欢迎。

②三一主日：是基督教节日，在圣灵降临节后的第一个礼拜日举行，以恭敬上帝的"三位一体"。

# 傅雷家书（节选）

傅 雷

对终身伴侣的要求，正如对人生一切的要求一样不能太苛刻。事情总有正反两面：追得你太迫切了，你觉得负担重；追得不紧了，又觉得不够热烈。温柔的人有时会显得懦弱，刚强了又近于专制。幻想多了未免不切实际，能干的管家太太又觉得俗气。只有长处而没有短处的人在哪儿呢？世界上究竟有没有十全十美的人或事物呢？反躬自问，自己又完美到什么程度呢？这一类的问题想必你考虑过不止一次。我觉得最主要的还是本质的善良、天性的温厚和开阔的胸襟。有了这三样，其他的都可以逐渐培养，而且有了这三样，将来即使遇到大大小小的风波也不致变成悲剧。做艺术家的妻子比做任何人的妻子都难，你要不预先明白这一点，即使你知道"责人太严，责己太宽"，也不容易学会明哲、体贴、容忍。只要能代你解决生活琐事，同时对你的事业感兴趣就行，对学问的钻研等方面暂时不必期望过奢，还得看你们婚后的生活如何。眼前双方先学习互相尊重、谅解和宽容。对方把你作为她的整个世界固然很危险，但也很宝贵！你既已发觉，一定会慢慢点醒她，最好旁敲侧击而勿正面提出，还要使她感到那是为了维护她的人格独立，扩大她的世界观。倘若你已经想到奥里维的故事，不妨就把那部书叫她细读一二遍，特别要她注意那一段插曲。像雅葛丽纳那样只知道"love，love，love！"的人只是童话中人物，在现实世界中非但得不到"love"，连日子都会过不下去，因为她除了"love"以外一无所知，一无所有，一无所爱。这样狭窄的天地哪像一个天地！这样片面的人生观哪会得到幸福！无论男女，只有把兴趣集中在事业上，学问上，艺术上，尽量抛开渺小的自我（ego），才有快活的可能，才觉得

115

活得有意义。未经世事的少女往往会存一个荒诞的梦想，以为恋爱时期的感情的高潮也能在婚后维持下去。这是违反自然规律的妄想。古语有言："君子之交淡如水"；又有一句话说："夫妇相敬如宾"。可见只有平静、含蓄、温和的感情方能持久，另外一句的意义是说，夫妇到后来完全是一种知己朋友的关系，也即是我们所谓的终身伴侣。未婚之前双方能深切领会到这一点，就为将来打定了最可靠的基础，免除了多少不必要的误会和痛苦。

首先，态度和心情都要尽可能的冷静，否则观察不会准确。初期交往容易感情冲动，单凭印象，只看见对方的优点，看不出缺点，甚至夸大优点，美化缺点。即使与同性朋友相交也不免如此，对异性更是常有的事。许多青年男女婚前极好，而婚后逐渐相左，甚至反目，往往是这个原因。感情激动时期不仅会耳不聪，目不明，看不清对方，自己也会无意识地只表现好的方面，把缺点隐藏起来。保持冷静还有一个好处，就是不至于为了谈恋爱而荒废正业，或是影响功课或是浪费时间或是损害健康，或是遇到或大或小的波折时扰乱心情。

我一生从来不曾有过"恋爱至上"的看法。"真理至上""道德至上""正义至上"这种种都应当作为立身的原则。恋爱不论在如何狂热的高潮阶段也不能侵犯这些原则。朋友也好，妻子也好，爱人也好，一遇到重大事情，与真理、道德、正义等等有关的问题，决不让步。

其次，人是最复杂的动物，观察决不可简单化，而要耐心、细致、深入，经过相当的时间，各种不同的事情和场合，处处要把科学的客观精神和大慈大悲的同情心结合起来。对方的优点，要认清是不是真实可靠的，是不是你自己想象出来的，或者是夸大的。对方的缺点，要分出是否与本质有关。与本质有关的缺点，不能因为其他次要的优点而加以忽视。次要的缺点也得辨别是否能改，是否发展下去会影响品性或日常生活。人人都有缺点，谈恋爱的男女双方都是如此。问题不在于找一个全无缺点的对象，而是要找一个双方缺点都能各自认识，各自承认，愿意逐渐改，同时能彼此容忍的伴侣。（此点很重要。有些缺点双方都能容忍，有些则不能容忍，日子一久即造成裂痕。）最好双方尽量自然，不要做作，各人都拿出真面目来，优缺点一齐让对方看到。必须彼此看到了优点，也看到了缺点，觉得都可以相忍相让，不会影响大局的时候，才谈得上进一步的了解，否则只能做一个普通的朋友。可是要完全看出彼此的优缺点，需要相当长的时间，也需要各种大大小小的事情来考验，绝对急不来！更不能轻易下结论（不论是好的结论或坏的结论）！唯有极坦白，才能暴露自己。而暴露自己的缺点总是越早越好，越晚越糟！为了求恋爱成功而尽量隐藏自己的缺点的人其实是愚蠢的。当然，在恋爱中不知不觉表现出自己的光明面，不知不觉隐藏自己的缺点，不在此例。因为这是人的本能，而且也证明爱情能促使我们进步，往善与美的方向发展，正是爱情的伟大之处，也是古往今来的诗人歌颂爱情的主要原因。小说家常常提到，我们在生活中也一再经历：恋爱中的男女往往比平时聪明，读起书来也理解得快，心地也往往格外善良，为了自己幸福而也想使别人幸福，或者减少别人的苦难，同情心扩大就是爱情可贵的具体表现。

除了优缺点，两人性格脾气是否相投也是重要因素。刚柔、软硬、缓急的差别要能相互适应调剂。还有许多表现在举动、态度、言笑、声音之间说不出也数不清的小习惯，在男女之间也有很大作用，要弄清这些就得冷眼旁观慢慢咂摸。所谓经得起考验乃是指有形无形的许许多多批评与自我批评（对人家一举一动所引起的反应即是无形的批评）。诗人常说爱情是盲目的，但不盲目的爱毕竟更健全更可靠。

长相身材虽不是主要考虑点，但在一个爱美的人也不能过于忽视。

交友期间，尽量少送礼物，少花钱。一方面表明你的恋爱观念与物质关系极少牵连，另一方面也是考验对方。

# 浴着光辉的母亲

林清玄

在公共汽车上，看见一个母亲不断疼惜呵护弱智的儿子，担心着儿子第一次坐公共汽车受到惊吓。

"宝宝乖，别怕别怕，坐车车很安全。"那母亲口中的宝宝，看来已经是十几岁的少年了。

乘客们都用非常崇敬的眼神看着那浴满爱的光辉的母亲。

我想到，如果人人都能用如此崇敬的眼神看自己的母亲就好了，可惜，一般人常常忽略自己的母亲也是那样充满光辉。

那对母子下车的时候，车内一片静默，司机先生也表现出平时少有的耐心，等他们完全下妥当了，才缓缓起步，开走。

乘客们都还向那对母子行注目礼，一直到他们消失于街角。

我们为什么对一个人完全无私地融入爱里会有那样庄严的静默呢？原因是我们往往难以达到那种完全溶入的庄严境界。

完全地融入，是无私的、无我的、无造作的，就好像灯泡的钨丝突然接通，就会被点亮而散发光辉。

就以对待孩子来说吧！弱智的孩子在母亲的眼中是那么天真、无邪，那么值得爱怜，我们自己对待正常健康的孩子则是那么严苛，充满了条件，无法全心地爱怜。

但愿，我们看自己孩子的眼神也可以像那位母亲一样，完全无私地融入，有一种庄严之美，充满爱的光辉。

# 父亲为什么沉默

### 季 子

看故事、回忆录多了，我发现，各种作家所提到的各类父亲，大多数都是用"严肃""严厉""不苟言笑""沉默"来形容的。

父亲是男士的一种"职称"。在攀到这个高度之前，他曾经是备受呵护、童言无忌的幼儿；是快乐逍遥，才气纵横的少年；是雄姿英发、敢言敢为的无畏青年。做上了父亲，这么多的人就变得严肃、沉默起来了，岂不怪哉！

说起来，做父母的也有咎由自取的一方面。

孩子享受父母亲的恩情实在是一套历时数以十年计的大餐。其第一道开胃小点心通常在孩子还未出生就已经铺开了。虽说是各家丰俭随意，但就是普普通通的人家，也蛮够瞧的。翻辞书或是请方家给孩子取名字；根据科学或是根据祖传经验，通过母亲之口给孩子增添营养；无师自通，或是请教心理学家进行胎教；实惠一些的早早为孩子开个户口存钱；性急一些的先买回一堆小床、玩具、衣衫；好奇一些的透过超声波 X 光窥探弄瓦还是弄璋；高瞻远瞩的来个长远计划——指腹为婚；相信人定胜天的干脆择吉日剖宫生产，要什么八字就是什么八字！

孩子出生后，虽然必有许多欢喜，许多忙碌，许多惊讶，许多开销，但做父亲的人显然也不会为这些而变得沉默。

事情必然发生在孩子渐渐长大、懂事以后。

用"代沟"来形容两代人之间的隔阂非常准确。不过，形容得准确有什么用？

许多中国人都以为"代沟"是西方的发现，或甚至是西方的"特

产"，其实不然。

描述中国西周时候周武王吊民伐罪、征讨纣王之战的《封神榜》中，就有一个血淋淋描述"代沟"，并提出了最透彻解决办法的哪吒的故事。故事之所以血腥可怕，就是因为其解决方法太透彻了。

哪吒本是当时一个小军区司令、陈塘关总兵李靖的第三个儿子。由于他生来禀赋不凡，小小年纪去河中戏水，就打死了天皇贵胄、龙王之子敖丙，还将其剥皮抽筋。这桩滔天的祸水把他的父母震惊得不知如何是好。就在四海龙王奏准玉皇大帝，发来天兵天将捉拿李靖夫妇时，哪吒毅然出头，做了他父母最需要他做、但又绝对说不出口的事：他当场自杀以谢罪，表明事件与父母无关。为报父母养育之恩，他更拆肉还母，拆骨还父，只留下一个幼年无依的灵魂飘飘荡荡，终于在神仙太乙真人相助之下，将其魂魄附于莲花莲叶而复生。此后哪吒助姜子牙伐纣，屡立战功。他的形象始终是一个发绾双髻、胸围红兜肚的白胖小子。

幼时读过哪吒的故事后，心中即留下一个极哀痛悲壮的印象。哪吒之父李靖虽然后来册封托塔天王，但在中国神话体系之中始终是个三流的陪衬角色。我对他厌恶至极：儿子闯了祸却无力保护。儿子主动拆骨肉，还父母，以示划清界限，李靖也看不出有何表现。拿了幼子的骨肉做什么去了？

哪吒故事的前半段每天都在世界上演出，不过，实际上出头善后，必要时剔骨肉谢罪的却都是父母，肇事的现代哪吒们还不明所以，还不知足，这就是代沟。

孩子是父亲生命的延续，两代之间本有天性联系。从孩子未出世即开始的那份关爱一直在膨胀发展，到孩子渐知人事，做父亲的心不知有多少敏感。

父亲依传统是一家之主，什么事情都得揽在肩上。别人说×家的孩子如何如何，这×家就是父亲的家，做父亲的想不理也难。

做儿女的若是不肖，"四海龙王""天兵天将"若是吵上门来，做父亲的真恨不能像哪吒一样，可以剔出自己的骨肉来谢罪，先过了这关再说。责备太迟，埋怨无用，做父亲的是家中大将，心中都清清楚楚，只是说不得，还是沉默一途。

幸而大多数的下一代都是强于上一代的。孩子在成长，做父亲的先是观察，后是比较，慢慢就是交锋了。孩子成长进步，明理的父亲必不屑居功，或明白无功可居。不过，心中始终复杂得很：诧异、欣慰、感叹、嫉妒、焦急、骄傲，随着孩子的表现而盘旋浮沉，许多话要说也无从说起。

孩子再大一些，家中的空间已不够他们回旋，家中的空气已不够他们呼吸。总有一天，他们会明白说出来：他们已不再欣赏家中放惯的音乐，不再为父亲的幽默而发笑。

这个敏感的阶段中，常常又会在父亲和孩子们之间出现母亲的因素。

母爱和父爱不同。如果用盖在孩子身上的被子来形容父亲的庇护，那么，母亲的爱就是被子和孩子身体之间的那层空气，温暖，看不见，但你可以感到它的无处不在。

母爱有一个很重要的特点：耐心，而且常常是耐心到了无畏的地步。

待孩子稍大，曾经是贤淑害羞的年轻母亲会像脱了一层壳的蚕似的起很大变化，变得多言起来。

太太对孩子理直气壮的无畏多言，对先生是一个难题。

做母亲的说话常常是对的，但不能次次都对。待孩子大起来，对的次数总是不如孩子幼时那么多，做父母的又往往执着于这一点：就算讲得不全对，但我是一片爱心呀！

得了小胜利的孩子往往会大庆祝，以后就更独立，更反叛，更兴致勃勃。

遇到这样的情况，做父亲的怎么办？他不忍责备有无畏爱心的太太，也不欲对意气风发的孩子多所指责——今天的轻轻一推，谁敢说孩子会向外滑多远？

还是沉默吧。

121

# 富有的是精神

## 谢 冕

**[本文是在北京大学中文系1997级迎新会上的演讲]**

热烈祝贺你们来到北大。你们将在这里度过20世纪仅剩的最后几年。在这几年中，你们无疑将接受本世纪全部伟大的精神财富，以及这一世纪无边无际的民族忧患的洗礼。你们将以此为营养，充实并塑造自己，并以你们的聪明才智在这里迎接21世纪的第一线曙光。你们是名副其实的跨世纪的一代人，你们要珍惜这百年不遇的机会。

发生在距今99年前的戊戌变法是失败了，但京师大学堂却奇迹般地被保留了下来，成为那次失败的变法仅存的成果。你们正是在这个流产的变法失败100年、也是京师大学堂成立100年的前夕来到这里的。当你们来到这到处都在建筑和整修的学校时，百年的沧桑，百年的奋斗，百年的期待，一下子也都拥到了你们的面前，我设想此时此刻的你们，一定是在巨大的欢欣之中感到了某种沉重。

你们是未来世纪中国的建设者。你们将在未来的岁月中做出平凡的或是杰出的贡献，你们中有的人可能还会成为未来世纪非常出色的人物。但不论如何，1997年9月的今天，对于你们中的每一个人，都是决定自己一生命运的、不可替代的、非常重要的日子。那就是因为你们的名字和这所伟大的学校产生了联系。中国有12亿人，你们的同龄人也应该以千万为单位来计算，但只有极少数的人有幸能把自己的名字与这所学校联系起来。同学们，请以负重感来代替你们高考胜利的欢欣吧！你们从各地来到北大，从现在开始，你们已结束了中学学习的阶段，开始了大学学习的阶段，在人的一生中，这是非常重要的时刻。虽然都是学习，中学只是普通教育，大学则是专业教育，这才是真正打基础的阶段，你们将来为社会服务的许多本事，是在这个阶段学到的。

去年也是这个时候，我在欢迎本系博士生和硕士生的迎新会上，也发表过一个讲话。那时我讲北大是做学问的地方，但是就重要性讲，还是做人第一、做学问第二。做人的问题很复杂，但也很简单，就是在人的质量和品德方面有高的标准和要求。只有人做好了，学问才能有好的发挥。

北大这所学校出过许多学者，也出过许多革命者。这些学者中的出色的人物，往往是人的品行高洁，而学问也是前瞻和开创的。如李大钊，他最早把马克思主义引到中国来，他呼唤并参与了中国青春的创造；又如鲁迅——北大校徽的设计者，他在这里的身份只是讲师，却是中国文化的伟人。不论是李大钊，还是鲁迅，他们都是伟大的爱国者。所以，在这里，我想强调的是，做人和做学问的统一，爱国和敬业精神的统一。

一个人成就有大小，水平有高低，决定这一切的因素很多，但最根本的，是学习。学习是不能偷巧的，一靠积累，二靠思考，综合起来，才有了创造。但是第一步是积累。积累说白了，就是抓紧时间读书，一边读书，一边思考，让自己的大脑活跃起来。用前人的经验来充实自己，先学习前人，而后发展前人，而后才有自己的发现和创造。

但无论怎么说，首先是学习，抓紧一切时间学习。我的经验是，不要抱怨，更不要拒绝老师提供的那一串长长的书单，那里边有的道理，你们现在并不理解，但是要接受它，按照那个参考书目或必读书目，一本一本地读，古今中外都读，分门别类地读。有的书要反复读，细读；有的书可以走马观花，快读，但是一定要读。

这叫机不可失，失不再来。

我想告诉大家，我现在从事的工作，应付着方方面面工作的，不论是写文章、说话、论证、作判断，靠的就是北大本科几年的读书的积累。那时还有很多的政治运动，用到学习上的时间并不多，但也就是那些有限的时间里读到的那些中国文学、外国文学、历史、哲学、语言学等方面的积累，支撑着我现时的繁重的工作。虽然时感知识不足，所知者少，但使我有能力去应付那千头万绪的局面的，还是北大当学生那几年打下的基础。

123

事实上，人一旦走上了工作岗位，现在这样专注的、系统的、全力以赴的学习机会也就随之失去了。等到工作临头，你发现罗曼·罗兰没有读过，高尔基没有读过，《离骚》没有读过，《故事新编》没有读过，但丁和普希金也没有读过，那时工作逼着你发言，你只好手忙脚乱地临时乱翻。那是应急，不是学习。匆忙中谁能把《约翰·克利斯朵夫》一口吞了下来？即使吞了下来，你又能发表出什么意见呢？离开了大学，可以说，你基本上失去了大学学习的条件，那时想起那一串长长的书单，你真是悔之莫及了。

所以，你们到北大来，我第一要劝你们的，是做书呆子。只有先做呆子，然后才能做聪明人。一开始就想做聪明人，什么都没有，而要装天才，做神童，那才是真正的呆子。聪明绝顶，目空一切，这是北大学生容易犯的毛病。我们要杜绝这种小聪明，争取将来的大智慧。

此外，要学好语言。不仅本国语言要学好，外国语也要学好。那种认为中文系学生不必学好外语的观念，是一种短见，是很浅薄的。现在国门开放，不是闭关锁国的时代了，中国要了解世界，世界也要了解中国，要靠语言这座桥梁。

除了外国语，还有本国语。现代汉语要掌握好，写文章要用语法，不要写错别字，文字要漂亮。更重要的是，要掌握好古代汉语，中文系学生不会直接阅读古文，是耻辱。不要读白话《史记》或《论语》今译之类的书，不是那些书不好，而是中文系学生应当掌握好古汉语，直接和庄子和李白用他们当年的语言对话。还有，也许已超出了教学大纲的范围了，但是我还要讲，那就是中文系学生应当学毛笔字，还要识别繁体字。以上所说，对别人可能是苛求，而对中文系学生而言，则是必要的和起码的。

因为文学是你们的专业，所以我还要谈谈文学，在我的心目中，文学是非常神圣的。我们讲敬业，就是要对文学怀有敬畏之心。文学，有人说起源于劳动，有人说起源于游戏。在文学的功能中，是有游戏的成分，有让人愉快让人轻松的作用。

但文学从根本上说不能等同于游戏，因此，我们不能游戏文学。

文学中的优秀部分，最有价值的部分，是人类崇高精神的诗化。文学是一种让人变得高雅、变得充实、变得聪明、变得有情趣的精神劳作。我们学习文学，是要把文学当作事业去创造、去发展、去发扬光大，而不是把它当作手中的玩物。我讲这些话不是无的放矢，而是有感于当前文学的某种缺陷和某种失落。

号称全国最高学府的北大，物质条件很差，有的方面如学生宿舍则是超乎寻常的差。物质的贫乏并不等于精神的贫乏，在精神方面，北大是富有的，是强者，北大的这种富有，足以抵抗那物质的贫乏而引以为傲。走在我们前面的，有我们一代又一代的老师，他们一介布衣，终生清贫，却是我们永远敬重的精神的强者。

# 浮生断想

孙福万

## 商　场

现在的商场越来越多了，货架上的商品也越来越琳琅满目了。商场的建筑格局更是花样翻新，令人感到舒服、方便、悦目。大概逛商场并非只是妇女的专利，大男人（我就是其中的一个）也多了起来。徜徉在商场的人流之中，我感到自己被商品的洪流裹挟而走，而且喜不自胜。商场的妙处如下：指导人们的消费倾向，展示生存的真正目的，提供一个嘈杂而又互不关联的群体场所……都市与乡村都市的特点是流动，乡村的特点是静止。流动的都市沐浴在车流、灯火、人流、楼房之中，把个人作为鱼，把物品作为玩具。静止的乡村则是一幅优美的画，个人永远处于画布的中心。当然，人不是树，人不想待在画里，他们宁愿被都市之光淹没。

## 男　人

亚当的子孙与亚当不同。他们既然被夏娃们所引诱，就应该担负起沉重的责任。我不知道男人拒绝责任该叫什么，这个世界又会变成什么样子，但是拒绝责任的男人似乎越来越多，我感到惶惑。起初的亚当则是自足的人，就像现在的单身汉，他对女人没有责任。我宁愿做一个单身的亚当，也不做不负责任的亚当子孙。或许我又错了？女人嫦娥偷吃了后羿的成仙之药，飞到月宫里去了，从此后羿再也没有见到过她。

据说嫦娥在月宫里很寂寞，只有整天砍树的吴刚和几只兔子陪伴着她，但她已经没脸再见后羿了。现在的女人许多也是嫦娥，只是一味地要求男人什么，却从来不想付出，最后或者独身下去，或者离婚。希望女人不要做嫦娥。

# 爱　情

当爱情发生的时候，我们愿意天天相守。如果哪一天我们彼此讨厌了，是不是爱情就消失了呢？只有婚姻是郑重的约束，它不但使爱情固定下来，而且使爱情成为一种习惯，以便防止任何一方无故毁约。传统吗？但谁有能力完全背弃传统、背弃亲人呢？除了野兽。

马路求婚几乎天天在街上骑好长时间的自行车，也几乎天天可以遇到一些赏心悦目的可爱女性。一位朋友说："你敢不敢对她们说一句小姐您真漂亮？"我鼓了几次勇气，都没敢去做。担心被对方责骂？担心被路人嘲笑？如果大家走在街上也能熟人一样地打招呼该多么好呢？

# 微　笑

我经常想到微笑。无论孤独也罢，烦恼也罢，我们统统可以对之微笑。微笑的核心是敢于正视生存的尴尬处境，敢于对自己的微不足道表示坦然，因此，微笑其实是一种智慧。作为一种智慧，微笑常常表现为幽默，我们随时可以发现幽默的材料，因此我们也就可以随时微笑了。从生到死一路微笑下去多么好。

# 风格散记

王　蒙

## 潇　洒

一株挺拔的树在风里自然地飘摇，它没有固定的姿态，却有一种从容，一种得心应手的自信，一种既放得开又收得拢、既敢倾斜又伸得直、既不拘一格、千变万化又万变不离其和谐的本领，不吃力、不做作、不雕琢、不紧张，不声嘶力竭。我们说，这是潇洒。

潇洒也是一种心态，一种精神，一种拿得起放得下的豁达，是一副饱经沧桑而又自得其乐的欢愉。

潇洒是一种火候。是一种迅速的推移，转化和移动。在这个火候上，如流水之无首尾，如流星之划破夜空，说来就来，说走就走。

一株花，独独有一枝伸展了出去，花朵欲飞还止，这是潇洒。

鱼在水里游，鸟在天上飞，马在原野上奔跑，这是潇洒。游着、飞着、跑着，戛然而止，这也是潇洒。

跳水运动员，高难动作，十分熟练，似乎是全不吃力，也是潇洒。

失败了，流泪了，掏出了手绢，终于抑制住了自己，破涕为笑，同样地向胜利者投掷鲜花，这也是潇洒。

所以潇洒也是一种风度，一种胸襟，一种大度，一种精神的解放，一种从必然王国到自由王国的飞跃。

# 幽　默

　　幽默是一种酸、甜、苦、咸、辣混合的味道。它的味道似乎没有痛苦和狂欢强烈，但应该比痛苦和狂欢还耐嚼。

　　幽默是一种亲切、轻松、平等感。装腔作势、借以吓人是幽默的对头。

　　幽默是一种成人的智慧，是一种穿透力，一两句就把那畸形的、讳莫如深的东西端了出来。它包含着无可奈何，更包含着健康的希冀。

　　幽默也是一种执拗，一种偏偏要把窗户纸捅破、放进阳光和空气的快感。

　　幽默的灵魂是诚挚和庄严，我要说的是：请原谅我那幽默的大罪吧，也许您们能够看到幽默后面那颗从未冷却的心。

# 痛　苦

　　痛苦并不是悲观。

　　痛苦是永远的追求，是永远的焦渴，是创造的火焰。

　　痛苦是灵魂的焦渴，是对劳动和友谊的呼唤。是直至海枯石烂不能解脱的爱情。

　　痛苦是天真和赤诚，是百折不挠的理想和毅力，是永远的不自满。

　　痛苦是一次接一次的失败，一个接一个的创伤。痛苦是鲜红的伤口，血、神经、咬紧的牙关，前额上的汗。

　　痛苦是牺牲的决心，痛苦是献身的庄严。

　　痛苦孕育着希望、新生、新的高峰、光明。

　　真正懂得痛苦的人脸上呈现着端庄的笑容。叫苦连天的人只有怯懦和牢骚，却没有痛苦。

　　痛苦就是热情，痛苦就是燃烧。当木柴燃烧的时候，它承受着焦灼煎熬的痛苦，它流出黑色的泪水，它献出金色的火焰的欢腾。

# 含　蓄

　　含蓄是一种技巧。以一当十，言简意赅。含蓄是一种智慧。它能看透并抓住事物最本质的方面，它能看透并抓住纷纭的、千变万化的众象中的共同性的东西。"一说就明"的根基在于"一点就透"。

　　含蓄是一种追求。言语永远是有限的，意趣却是无限的。只有懂得无限、感受得到无限的人才懂得并感受并去实行以有限的言语去追求无限的意趣。于是才有含蓄。

　　含蓄是一种风格，是一种礼貌、文明，深沉、文雅、婉约，决不那么浅薄、粗鲁而且咋咋呼呼地强加于人。

　　含蓄甚至是一种品德，尊重别人也尊重自己，尊重世界、尊重历史也尊重文学，因此永远不要喋喋不休。

　　含蓄是一种爱惜，一种珍重。

# 赤　诚

　　赤诚可以有各样的作家，各样的作品。文采风流的，气吞山河的，谈笑风生的，多愁善感的，花团锦簇的，语不惊人死不休的，哭天抹泪的，捶胸顿足的，仪态万方的，扭捏作态的……但读者首先需要的是作者的赤诚。

　　不但有自觉的"做状"、迎合、表白，隐晦、面具、脂粉，而且有多少不自觉的躲藏！

　　甚至可以"做赤诚状"，装疯卖傻，丑话丑说，口涎四溅，真假莫辨！

　　但是，你总得有那么几次，掏出你的心，敞开你的灵魂，发出你的呼号，才有真的人生，真的爱憎，真的文学！

　　去掉一切庸俗的计较吧，哪怕敞开的灵魂赢来了不止一个方位的明枪暗箭！人能有几次大敞灵魂！

　　只有赤诚才能唤起赤诚，这本身就是很大的报偿。再说别的，便是多余。

老辣从来不说一句废话的人有一种特殊的威严。（所以大政治家也喜欢说两句没有用的话以示亲切。）没有一个多余的字的文章是威严峻厉的。

从来不夸张，从来不抒情、不喊叫、喜怒不形于色的人比大吵大闹的人厉害得多。

不要求读者接受什么，那样专于精确客观的叙述，似乎全忘了读者的存在——这样的文章反而是无可抗拒的。

每个向读者有所求——共鸣、理解、赞赏、同情的眼泪……的作家都在暴露自己的弱点。就像伸出了讨钱的手一样。

更不要说向"上"要求赏识了。

专心于自己的叙述，对读者一无所求的作家——读者却往往五体投地。

真正厉害的人从来不暴跳如雷，从来不用泼污水。

真正厉害的作品宽容地描写一切。都是好人，心正常，没有盗贼，没有小丑，没有偶然事故。然而，冷峻的发展无可更易。

这才像一把钢刀一样地刺入了读者的灵魂。

131

而且不落泪，不狂呼，不装扮，不引用新名词，不发高论，不俏皮，不上纲，不过激。

因为不屑。

# 春到海堤

[德] 台·施托姆

我们的海岸边以前曾长着好多高大的橡树林，树木茂密，一只小松鼠可以从一根树枝跳到另一根树枝，连续几里地不着地面。传说当婚礼行列穿过树林时，新娘必须摘下头上的发饰，可见枝丫垂得多么低了。盛夏，这高高的树木构成的大教堂终日蔽荫凉爽，那时还有野猪和猞猁在林中穿行。在那雄鹰目力可及的高处，阳光的大海在树梢上汹涌澎湃。

但这些树林早已被伐光了，只有人们偶尔从黑色的泥沼中或从浅滩的淤泥中挖出个把石化了的树根，它会让我们后人神思那一片树冠在与西北方向来的暴风激烈搏斗，发出惊心动魄的喧嚣。而我们今天站在海堤上，望着一片无树的平原，犹如望着永恒。当那位哈利希岛的女居民第一次从她的小岛来到这里时，她的话说得多么正确啊："我的上帝，狄个（这个）世界嘎（这么）大，伊（它）要一直连牢（连着）荷兰了！"

海堤上的风多么令人神清气爽！家乡是我魂之所系，在什么地方又能像这儿一样尽情享受星期天的早晨呢！

在下面那新开发的沼泽地中，第一阵温暖的春雨已将无边无垠的草地染绿，散布着的数不清的牛在吃草，连接着一个个"沼潭"的水沟宛如银色的带子在早晨的阳光下闪烁。吼叫声和撞击声在辽阔的原野深处飘荡，此起彼伏，此呼彼应，相偕成趣。而耕牛的那些长翅膀的朋友们——椋鸟——是多么活跃！喧闹的鸟群从低地升起，在我的面前掠过来掠过去，然后密密麻麻地落在堤顶，少顷，便灵巧地啄食着，顺堤坡而下，向海边漫步而去。

然而，沿着下边那从城市流来、向大海注入的河流边，新的谷草编成的网闪闪发光，令人神往，这是为了阻挡海潮的啃啮而铺设的——河水雍容大方地流过这洁净的地毯——时值清晨，青春时代梦幻般的感觉再度征服了我，仿佛这个日子将给我带来难以言传的妩媚，每个人都有在心底欢迎幸福幽灵光临之时。

# 心愿不及的夏天

### [美] 拉·贝克拉塞尔

许久以前，我曾在弗吉尼亚北部的一个村子里住过，这村子坐落在十字路边。那是一个清爽宜人的夏天，那里没发生过什么重要的事儿，我也不曾尝过烦忧的滋味。

七幢平淡而没有个性的房子组成了那个村落。一条土路蜿蜒伸到山下。山下有家私酒商店，至今还在为村里的男人们供应着威士忌酒。另一条土路，直指溪边。我和科尼斯表哥总爱坐在溪畔，用蚯蚓作饵钓鱼。一天，我们打死了一条铜斑蛇，当时它正在附近的一块岩石上晒太阳。这样的事儿是很不寻常的。

夏天的暑气温婉可人，湿润而醇厚的空气里弥散着各种各样的馨香，你禁不住要一一品咂。早晨，紫藤飘香；下午，铺铺叠叠爬满石墙的野蔷薇盛开了；傍晚，忍冬花的芬芳融进苍冥的暮霭里，香气袭人。

即便按当时的标准，那也是个落后的地方。没有电，土路上面也没铺点儿什么，屋子里连自来水都没有。夏天日复一日的活计都体现出这一桩桩的短缺来。没有电灯，人们便早早地上床睡了；第二天起身的时候，露珠儿还在草尖上挂着。一大清早，女人们便在一片叽叽喳喳声里把昨夜用过的煤油灯擦拭得锃亮锃亮。孩子们被打发出去担甘醇的泉水。

这倒使我们有机会天天看小龙虾是不是又增加了许多。后来，走在去屋外厕所的小道上，你又有机会在西尔斯-罗伯克①商品目录里做着各式各样的梦，那多半是些有关猎枪或自行车的美梦。

没有电，能把年轻人的心儿拴住的收音机也就派不上用场。但是，倒也确有一两户人家有收音机。他们用的是邮购来的、大小和今天的汽车电瓶差不离儿的电池。不过，它们可不是给孩子们随便玩儿的，虽然有时，你也许被请进屋去听听《阿莫斯与安迪》<sup>②</sup>。

如今想起那种情景，只记得，听着声音从家具里冒出来，挺奇怪的。很久以后，有人点拨我说，谁听了《阿莫斯与安迪》，谁就是种族主义分子。幸而我听得不多……

夏天，待在屋子里是不会有什么乐趣的。每一桩开心的事儿都发生在外面的世界里。花丛中，藏着蜂鸟，小小的翅膀扑腾扑腾得那么急，乍一看，好像它们根本就没长翅膀似的。

暑气袭人的午后，女人们放下窗帘，把毯子铺到地上，乘凉、打盹儿。而此时的野外，牛群躲到枝繁叶茂的树下，挤在头顶烈日的浓荫里。下午极静极静，但声音却无处不在。蜜蜂在苜蓿丛中嗡嗡着；远方的田野上，一台老式蒸汽扬谷机轧轧轧的声音，隐约可闻；鸟雀在铁皮屋檐下飞来飞去，发出沙沙的声响。

山那边的土路上，尘土飞扬而起，预示着什么事情的来临。一辆车子正朝这边开来，谁喊了声"车来噜"。人们纷纷走出屋子，一边审视着渐渐逼近的飞扬的尘土，一边猜着车子里坐着的是什么人。

接着——这是一天中最重大的时刻——汽车缓缓地驶了过去。

"是谁呀？"

"没看清楚。"

"像是帕基·佩恩特吧。"

"不会是帕基，不是他的车子。"

过后，寂静复如灰尘一般轻轻地落了下来。你溜达着，从鸡舍前经过，一只母鸡正卧在那儿干着下蛋这样不可思议的事。更够味儿、更够刺激的事还是在田野上。公牛就在田野上。你可以到那儿去试试自己的胆量：看看你究竟敢与公牛挨得多近，然后再拼命跑回栅栏的这边。

男人们驮着西沉的夕阳晃悠晃悠地回到了家里，身上散发着疲惫的热气。他们坐在铁皮澡盆里，在用木桶担回的泉水洗着身子。我知道一些他们的秘密，比方说谁把威士忌酒藏在了椴木桶后面的梅森瓶子<sup>③</sup>里，某某人为什么要找个借口离开厨房，溜到院子里，在那儿哈哈大笑——他到底在干着什么好事？

我也知道女人们对这种事的感觉，虽然不清楚她们的想法。甚至在那个时候，我就明白夏夜的清风都给毁了。

太阳落山了，人们坐在自家的门前。暮色渐浓。萤火虫刚飞出来就被捉住、装进了瓶子里。浓重的暮霭融进了苍茫的夜色里。一只蝙蝠从土路上飞掠而过。那时，我不怕蝙蝠，我只怕鬼魂。鬼魂们使得就寝时分，哪怕是在一间快熄了煤油灯的屋子里，也是那么令人恐惧。

我更怕的是癞蛤蟆，尤其是门阶下面的那些。只要一碰到它们，就会使我身上起鸡皮疙瘩。人人都是这么对我说的。一天夜里，我被允许待到很晚，一直到星星布满了天空。村里，一个老年妇女快要死了。据说这个时候让孩子们在屋外待到深夜，是吉利的。我们四个人在黑夜里坐着。一颗流星划过夜空，谁说了声："许个愿吧。"

我不懂得这句话的含义，也不知道自己该许个什么样的愿。

[注释]

①美国最大的邮购百货公司，创始于一八九三年。每年有包罗万象的货物目录出版。

②二十世纪三十年代初流行于美国的一个广播连续剧。反映黑人生活。黑人主人公分别由白人戈斯登和科蓓尔扮演。

③一种盛食品的玻璃瓶，有旋盖。

# 撒哈拉之夏

### [法] 欧仁·弗洛芒坦

天气好极了。温度急剧上升，但没有使我泄气，反而更加激起我的兴致。一周以来，万里晴空没有出现任何云彩。天色蓝得既炽热又干燥，让人联想到长期的干旱。固定的东风几乎像空气一样热烘烘的，早晚间隔着刮过来，但总是很弱，似乎仅仅为了棕榈叶丛能保持一种轻微的摆动，如同印度的布风扇①一样。每个人都早已换上轻衣薄衫，戴着宽檐帽。大家只求生活在阴影下。我却下不了决心午睡，否则会为了安逸而碌碌无为地浪费一天中最美好的时光，因为我的卧室肯定是我在这儿常待的地方里最乏味的；这出于种种理由，等到有天晚上我除了发牢骚没有更好的事可干时再给你解释。总之，不管周围的人们怎么劝我在阴处舒适休息，我还是拒绝听从，继续我行我素，与蜥蜴一起生活在沙漠里，登上高地，或者大中午跑遍全城。

撒哈拉人热爱他们的家乡。就我这方面来说，我倾向于赞赏一种如此热烈的感情，尤其由于其中交织着对乡土的眷恋。相反，那些异乡人、北方人把这个地区视为可怕至极，认为在这儿即使不热死、渴死，也会患思乡病而死。某些人看到我在此地感到奇怪，他们几乎一致劝我放弃再待几天的计划，否则不但浪费我的时间，白费力气，徒损健康，更糟的是还有可能会丧失理性。诚然，我承认，这个极其单纯、极其美丽的地区还不大会讨人喜爱；但是，如果我没有搞错的话，它也能像世上任何其他地区一样使人激动不已。这是一片既不优美，也不安适，但朴实无华的土地，这并不是一种过错，其最初的影响就是使人严肃，许多人却把这种效果与忧郁混同起来了。一大片高地消失在更广袤、更平坦、沐浴着永恒光芒的地域之中；相当空旷、相当荒芜、足以给人这个名叫沙漠的奇异东西的概念，外加几乎永远相似的天空，悄无声息、四处安宁的地平线。中部，一种类似偏僻的城镇那样的东西，环绕着寂静；接着有点儿绿荫，一些沙质的岛状地，最后有几座灰白色的钙质礁或者黑黝黝的石灰岩，位于一片犹如汪洋大海的浩瀚地区的边缘。这一切中，除了太阳从沙漠上升起，运行到山丘后落下之外，很少变化，很少意外，很少新奇，永远静寂、晒烤，不分范围；或者在最后一阵南风的吹拂下，沙堆改变了位置和形状。清晨很短，中午比别处更长更沉闷，几乎没有黄昏。有时，突然散发一阵强光和热气，灼热的风霎时使景色具有吓人的外貌，这里可能产生难以忍受的感觉，但通常是一种阳光灿烂的静止状态，晴朗天气时带点儿憋闷的呆板，最后有种麻木的神态仿佛从上天传给万物，又从万物过渡到人的脸部。

这幅由阳光、沙漠、寂寥构成的炽热、生动的画面给人的最初印象是揪心的，无法同任何其他画面相比。然而，眼睛渐渐习惯于线条的伟大、空间的寥廓、地面的光秃。如果还会对什么感到惊奇，那就是对如此缺少变化的效果居然保持敏感，对实际上极为普遍的场面居然激动不已。

在此之前，我还没有见过任何异常或突出的事物，符合我们对这个地区通常形成的特殊观念。与阿尔及尔相比，只是光线略强一些，天空更明朗更深远一些，这并未引起我丝毫诧异。这是一处干热地区的天空，当然有别于——我有意强调此点——土地同时受到灌溉、浸润、晒热的埃及的天空。埃及拥有一条大江，众多广阔的濒海湖，那儿夜晚总是潮湿的，土地里的水分不断蒸发。这里的天空却是晴朗的、干燥的、不变的；接触的是黄色或白色的土地，浅红的山。茫无涯际地保持着纯蓝色；当它处在夕阳对面染成金黄色的时候，基部是紫罗兰色的，稍微带点儿铅灰色。我也没有见到过美丽的海市蜃楼。除了刮西罗科风②的期间，地平线总是显得很清楚，从天空下呈现出来。只有最后一道灰蓝色条纹早晨异常突出，但到了中午就有点同天空混淆起来了。朝姆扎卜绿洲方向的正南方，隔着一段很远的距离，可以瞥见一条由罗望子树林组成的不规则线条。每天在这部分沙漠中产生的微弱的蜃景，使这些树林显现得更近更大，然而幻景不大给人深刻的印象，这必须具有经验才能懂得。

我是在高地上度过最美好时光的，有朝一日我会为之惋惜不已的时光；站在高地上，经常在东塔下，面对着那辽阔的地平线，四下望去，无挂无碍，自东往西，从南到北，君临一切：山峦、城镇、绿洲和沙漠。我清早就到那里，中午仍在那里，傍晚再去那里；我独自待着，见不到任何人，除了少数几个游客，被我的白伞尖所吸引，大概对我如此爱好高地感到奇怪，走近来瞧瞧。这片高地是一种平台，四周围绕着矮栏墙，从城那边沿着一道相当陡峭、布满巉岩的斜坡可以爬到此地，但南边却没有出口，从那儿有可能几乎笔直掉进园子内。在我到达时，太阳升起之后不久，我发现那里有一个土著卫兵还在紧挨塔基躺着睡觉。

随即卫兵就被撤走，因为这处岗哨只在夜晚才守卫。这时整个地区都是粉红的，一种桃花衬托的鲜艳的粉红色。城镇上布满星星点点的阴影，几座白色的小隐士墓散布在棕榈林边，在这片沉闷的原野上欣然闪烁着，而原野在短暂的凉爽时刻，似乎在对初升的太阳微笑。空中有模糊的声响，近似于某一首歌曲，它让人明白世上所有的地方都快活地苏醒了。

于是，几乎在每天的同一时候，传来了从南方飞来的无数小鸟儿的啁啾声。这是来自沙漠的沙鸡，去源泉饮水。它们飞越城镇，成群结队，也可以说分成一小群一小群的。它们飞得很快，可以听得出它们的尖翅膀迅疾的扑扇声。它们的古怪而嘈杂的叫声随着飞行的速度时而拖长时而变得急促。我老远认出它们的先锋时感到一种由衷的激动。我数着相继而来的鸟群，几乎老是同样的数目。它们总是朝同一的方向奋飞，从南往北，斜穿城镇经过我这儿。它们的羽毛被阳光染上色彩，灿烂的闪光片霎时间遮蔽了蓝色的天空。我从拉斯—欧云这边目随着这些沙鸡，它们飞到绿洲一半左右就在我的视线中消失，但我经常继续听见它们的叫声，直到最后一群沙鸡在饮水处停下来。这时是六点半。一小时后，相同的叫声突然在北方重新响起，同样的鸟群再次一一飞越我的头顶，次序不变，数目相等，一队接着一队，返回荒漠的旷野。只不过，这一回叫声没有突然停止，而是逐渐变弱，减轻，消失在寂静中。可以说早晨结束了，一天中唯一近乎宜人的时光在鸟群的一去一回中流逝。景色原先是粉红的，现在已变成黄褐；城镇中星星点点的阴影少多了。随着太阳升高，市容呈现灰色；随着阳光越来越亮，沙漠反倒显得暗淡，唯有山丘仍然是淡红色的。倘若一直刮风，这时就会停止，从沙漠中散发出来的热气，开始在空中散布。两小时以后，传来宣布退回祈祷的号声，一切活动同时停止。随着最后一声号响，中午开始了。

此时此刻，我不再担心受到打扰，因为除我以外，没有人会打算到高地上来冒险。炎阳上升，逐渐缩短塔影，终于直接升到我的头顶上空。我别无隐藏处，只能躲在我的阳伞的狭小的阴影下，缩紧身子，两只脚伸进沙地里，或者放在亮晶晶的砂岩上。我身边的画夹在阳光下弯曲了，我的颜料盒像烤焦似的裂开了。万籁俱寂，整整四小时这儿静谧、寂寞得令人难以相信。城镇在我下面沉睡，犹如一个紫色的庞然大物，带有空荡荡的露台。阳光照亮了这些露台上许多筐篮，装满粉红色的小杏，为了晒干放在那儿。到处都能见到一些黑洞，标志着屋内的门窗。还有深紫色的细线条，显示出城里仅有的一两条林荫道。露台周围较强的光线，有助于把所有的泥土建筑物彼此区分开来，这些泥土建筑物与其说是建造的，倒不如说是堆积在三座山丘上的。

城镇的两边各有一片绿洲，在白昼的凝重气氛下似乎同样沉睡不醒，无声无息。绿洲显得很小，紧挨着城的两侧，看起来与其说在取悦它，倒不如说必要时想保卫它。绿洲在我眼前一览无余：如同两块方形的叶丛。绿公园似的围着一道垣墙，在荒瘠的旷野上明显地勾勒出来。尽管被分割成许多小果园，每个果园都用墙围住，从我所处的高度望去，仍然好似一张绿色的桌布，分不清任何树木，只能辨别两层式的森林：第一层是圆顶树丛，第二层是棕榈树丛。相隔很远，有几垄稀疏的大麦，如今已只剩下麦茬，在叶丛中间形成一些土黄色的平地。别处，在少数林中空地里，露出一种干燥的、粉末状的灰色土地。最后，在南边，有少许被风吹来的沙堆越过了围墙，这是沙漠在侵占花园。树木纹丝不动，森林茂密处隐约有些隐蔽的洞口，可以设想里面藏着一些小鸟儿，它们正在睡觉，等待傍晚第二次醒来。

这也是沙漠转变为昏暗的原野的时刻，我从到来的那一天起就注意到了。太阳悬挂在中天，把沙漠罩在光圈内，相等的光线同时从四面八方到处直射着它。这既不再是光明，也不再是黑暗。不可捉摸的色彩显示的远景几乎无法再测定距离，一切都染上一层褐色，没有色差、不着痕迹地延伸，十五至二十法里一片地方，单调、平坦得犹如地板。似乎最小的隆起物也该显露出来，然而一无发现，甚至再也无法说出哪儿有沙子，哪儿有土地，哪儿是多石的部分，这片固体海洋的静止状态这时比任何时候更动人心魄。见到它从我们脚下开始，既没有预定的路线，也不迂回曲折，径直朝南、朝东、朝西扩展，隐没，我们不禁会寻思，那片具有朦胧色——似乎像空虚色的静悄悄的地方究竟可能是什么样的？既没有人从那儿来，也没有人往那儿去。它最终以一条笔直、清晰的线与天空相接。谁知道呢？我们感到那里并非结束，可以这样说，那只是大海的入口。

现在，请为这所有的幻想补充地图上看到的令人神往的名称吧。我们知道那边有一些地方，处在这个或那个方向，相距五天、十天、二十天、五十天的行程。一些地方著名，另一些仅仅被标出，其他地方则听起来更不为人知。首先，正南方是贝尼—扎卜，七座城市的联邦，据说其中三座与阿尔及尔一样大，棕榈树有十来万株，还盛产世界上最好的海枣；然后是香巴亚，小贩和商人的集聚地，靠近图瓦特绿洲；然后是图瓦特，无数的撒哈拉群岛，肥沃，引水灌溉，人口稠密，同图阿雷克交界；然后是图阿雷克，它大致占满这个未知面积的巨大地区，人们只能确定它的四个末端——滕贝克图、加德姆斯、提米蒙和豪萨；再然后是只能隐约看到边缘的黑人地区，两三座城镇的名称，一个王国的首府，一些湖泊、森林，左边是大海，也许是大江，赤道特殊的恶劣天气，稀奇古怪的物产，巨大的动物，长毛羊，大象，还有什么？再没什么清晰的了，未知的距离，变化不定的谜。我面前就是这谜的开端。中午明亮的阳光下的景色是奇特的，正是在这儿，我想见到埃及的狮身人面像。

我徒然环顾四周，无论远近，都看不出任何东西在动。有时，偶然有一小队载着东西的骆驼出现，犹如一串黑黝黝的小点，慢腾腾地爬上沙坡，只有等驼队靠近山丘下，才能瞧见。这是些旅行者。他们是谁？来自何处？他们穿过了我眼皮底下的地平线，而我竟没有发现。或者有时，有

141

一股夹带沙子的龙卷风犹如一股青烟突然从地面上刮起，螺旋状上升，穿越一定距离，被东风吹弯，几秒钟后消失。

时光慢慢地流逝，这一天结束了，就像早晨开始时那样呈淡红色，天空是暖色调的，背景也带上颜色。这次，轮到倾斜的长火舌即将把东部的群山、沙漠、岩石染成紫红色。白昼被烈日晒得疲惫不堪的地区由阴影占据，万物似乎都松了一口气。麻雀和斑鸠在棕榈树中唱了起来，城里也如同发生了一场复兴运动，一些人登上露台，来摇晃筐篮；广场上传来牲畜的声音，有人牵马去饮水，马在嘶，骆驼在叫；沙漠很像一块金板；太阳落到紫罗兰色的山上，夜幕准备降临。

这样度过一天之后，我回去时感到某种醉意，我想这是由于我沉浸在阳光中十二小时以上，吸入了大量光线所引起的，我愿意把我所处的精神状态详细向你说明。

这是一种内心的光明，夜晚到来后经久不散，在我睡梦中仍在折射。我不断梦见强光。闭上眼睛，我见到火焰、发光的星体，或者不断增长的模糊反光，宛如黎明的接近。可以这样说，我不再有黑夜。这种哪怕在没有太阳的情况下也面临白昼的感觉，这种犹如流星划破夏天夜空似的被闪光不断掠过的透明的休息，这种不给我任何黑暗时刻的奇特的噩梦，这一切都很像在发烧。然而我一点儿都不感到疲倦，这该是意料中的事，我不叫苦。

[注释]
①指印度的一种吊在天花板上用绳拉动的布风扇。
②一种气流沿山坡下降而形成的干热的风。

# 夏天——苏塞克斯

[英] 爱·托马斯

　　丘陵草原远处，白天与黑夜的空气浸透了忍冬和新干草的清香。在这里散步好，静静躺着也好；雨好，日头也好；是刮风好还是风和日丽的天气更好，我们还是让一个十二月的审判日来决定吧。一天，雨下起来，无风，所有的运动都在黑黝黝的天空错综交叉地进行，天空混沌却使大地尽头显得格外美丽，比天空更显明亮。那是因为草地的绿色与丁香在生亮，因为假升麻花的黄色在添彩，因为正在成熟的玉米在随风轻轻地摇曳。然而，到了第二天，太阳早早地热起来。潮湿的干草蒸汽缭绕，散发着香甜。一团团气向南飘去，丝丝缕缕地落尽一个山谷，叶繁枝茂的紫杉暖融融如果实墙壁，黏稠的芳香从墨角兰和百里香释放出来，又被来来往往的蝴蝶扇向四方。在鲜花和翅膀的金黄与艳紫的热烈映衬下，湿漉漉的云彩正在拥拥挤挤地飘行，穿过蓝蓝的天空，沿着起伏的山头，呈现着融化的冰雪特有的灰白颜色。云团的巨大阴影久久地笼罩在干草上方，在更加暗淡的丘谷里风把中午前不停滴水的灌木丛吹得沙沙作响。夜过去的另一个早晨，蔚蓝的天空铺着高悬的白净的薄云，几阵强劲的晨风吹过，高空仿佛涟漪粼粼，云波起伏。千军万马似乎一下子停止了激战。战斗结束了，而战斗留下的所有残痕一览无余，历历在目。但是将士们放下了武器，和平在天空是广阔的，雪白的，唯有大地色彩斑斓——瞧瞧风铃草的湛蓝，蕨丛和活跃的荆豆间杂的玫瑰的浓紫，沙地上的欧石楠和毛地黄粉色一片，薄荷花酷似古色古香的丁香，白花锈线菊简直如同泡沫。水边有柳兰的桃红色，飞蓬的淡黄色，丘陵草原有龙胆的浅紫色和岩蔷薇的嫩黄色。在那些小而密的伊甸园里是无边无际的青枝绿叶，这里的荨麻、白芷、悬

钩子和接骨树创造出了那些深深的小路两边斜坡上的每一个夏天。上千只雨燕上下翻飞，仿佛在群山最高处遇上了猛烈的风，掠过那个面向大海的大军营和军营的三座坟墓和苍老的荆棘，俯冲向耸立在下面玉米地老式院落周围的栗树林。

就在这些时光里，丘陵地带边际更远处升起座座云山，那里某个土地上的空中居住者似乎被引诱被迷惑住了。据传说，很久很久以前，古怪的孩童们被捉拿到地上，人们问他们如何来到这里，他们说有一天他们在一个很远的乡村放羊时，偶然闯进一个洞里，他们在洞里听见了音乐，仿佛天上的铃声，吸引他们顺着洞的通道走啊走啊，一直走到了我们的土地上。他们的眼睛只习惯太阳永远落下与夜间永远不来的一种黄昏光线，这下被八月的光亮晃得眼晕，于是躺着，茫然不知所措，被人捉拿，因为他们一时没找到凡间通向他们那个洞的进口。这番历险一准儿是一个不管如何安居乐业的地区传出来的小小惊奇，因为这时大地正披上了雪白的玫瑰，要么是八月正值盛期。

最后一辆干草马车在榆树之间摇摇晃晃地艰难行走，收割者和收割机还没有开始干活儿。燕麦和麦子堆成垛摆在土地上。随后，八月的绿草如茵，不在其中棕色地块上走走是很难做到的。漫游的精灵无处不在。玉米的营帐地堆垛看去如同在进行一次露营。团团白云从黄灿灿的玉米地升上来，在蓝蓝的天空行走，把它们的脸设置在某个目标。旅行者的欢乐在一棵棵榛子树上留住，在一个个小白垩石坑的上面羁绊。杨树和埃及榕哗啦啦作响，翻出它们叶子的银色背面，沙沙地做着告别。这条没有树篱阻拦的地道的路，在榆树下，穿过玉米地，招呼道："走正道，紧跟上。"一座座桥一次飞跃或者三次飞跃地跨过河流，桥拱多么像奔跑的猎狗拱起的身子啊！迅速散开的静谧的日落为行人脚下铺上了一条又一条道路的欢乐，黎明的巨大的空厅给人一种神一般的力量。

然而，要在这两种水火不容的欲望之间制造什么如同休战的事情是很难的，因为一种欲望要在大地上走啊走啊，不停地走下去。而另一种欲望却愿意永远安居，在一处落脚，如同在坟墓里，不与变迁发生任何关系。假如一个人收到了死亡通知，为难的是决定徒步或扬帆走到尽头，一路不见人影，或者只是同陌路擦肩而过，还是坐着——孤独地坐着——想或者不想弄出尽可能小的变化。这两种欲望会经常痛苦地换来换去。即使在这些收获的日子，难以阻挡的引诱仍然徒步不停地走在田野的一隅，走在某座山上，远远地眺望着这个世界，这些白云。麦子红得如同赤红的沙子，而麦子上方高耸着榆树，隐身的预言神灵在恳求静默，恳求一方宁静，如同它们自己那样。远处那些较小的丘陵地带上，苍白的燕麦田在幽暗的树林边沿流动，它们也提议把忘却深深地饮下，一劳永逸。然后，又一次，田野出现了—— 一块块田地——大量拥拥挤挤的燕麦，在白色的月亮下显得井然有序，排列在离海不远的平整的苏塞克斯土地上那些成排的榆树之间。脚下轻盈的万物与头上淡淡的月亮两相映对，黝黑的树木无以数计，仿佛那月儿悬浮在天地之间。禾束一捆捆摆置有序，它们被保护起来，但通过门道依然可见，一副不可侵犯的样子——由于它们永远满足不了身躯，却完全可以让灵魂得到满意。随后是由热而升的淡雾，这让我们想到秋天或者不是秋天，全看我们各自的性情了。整个夜间，大齿杨一直在颤动，猫头鹰在咕咕叫唱，头顶着清朗的满月，脚踩着银色的湿漉漉的露水。你爬上陡直的白垩石坡，穿过女贞和山茱萸矮林，身置散乱的杜松树间——在这种浓霾里如同黑暗中，它们把自己分成班组，一眼看去酷似向上攀爬的人、动物、怪物。在阔紫杉遮蔽下的死寂的土地上行走，由此又突然走在了绣球花发亮的小枝以及枝头的樱桃色浆果之下，走在一丛丛草皮上。随后穿过成簇的山毛榉，冷清而幽暗，如同一所教堂，静默无声。然后来到高处平坦而荒凉的玉米地，走上燧石群，走上黏土地。这里，那么多形似军旗的千里光①在同样高的茎秆上诞生出来，挺挺的，一动不动，近在咫尺看得好生清澈，但稍往远处便形成了一团绿雾，再往远处这花状表面竟只剩了影影绰绰，剩下一抹闪亮了。在灰蒙蒙的湿雾下，成团成团的绿色与金色显得格外宁静，宁静得完美，尽管风在山毛榉的树梢上沙沙响动，这宁静仍有一种不朽的美，一点儿没有想到它们应该有什么变化，此时此刻只是幸福地陷入一种莫名的自信与安逸。但是太阳在东南获得力量。它把夜雾变成了一件飘动的衣裳，不是冷灰色或暖灰色，而是缥缈的金色。在影影绰绰的树木间，风儿发出了大海一样的呜咽，晨雾波动

着，飘来飘去，飘得七零八落，成了日光的一部分，成了蓝色天幕的一部分，成了云、树与丘陵的颜色的一部分。随着湿雾散去，幽灵一样的月儿隐去，只见丘陵地带尽头是一峰纹丝不动的白云。在薄雾笼罩的日头的目光注视下，金灿灿的光亮与温暖开始在矮灌木外层那些稠密的叶子上舒舒服服地滞留下来。附近的山毛榉在鲜爽凉快的叶子间发出了新的声音，因为每一片叶子都忙着什么事情——凉爽，尽管空气本身是温暖的。斑鸠咕咕地叫唤。白白的云峰变成了丘陵上一个硕大的半月状，几分裸露，在树木遮挡下又有几分鞍形。再往远处，再往下方，从南边淡烟中那片海洋般辽阔的树木间闪出一座尖塔。正是一座尖塔此时此刻无疑使上千人感动，上千人在思想。记起了人与事业，但是让我心动的却只是一个念头：仅仅一百年前，一个孩子埋在了下面，小孩儿的母亲忍痛题写了一个牌子，告诉所有路过的人，她的儿子曾是"一个可亲可爱的孩子"。

　　山上的夜晚别有一番景象。榛树枝把低悬的满月破成了一团碎亮点。丘陵地带高高地隆向了明亮的夜空——它们一定是在自己的宁静中向上隆起的，一边还慢慢地吸着长气。月儿吊在半空中，正好悬在丘陵地带那条长长弯线的中央。丘陵上方，一条梯形白云平展开来，云脚下闪烁着一汪宽阔的塘水，丘谷的其他地方则一片漆黑，伸手不见五指，唯有几盏零散的灯历历在目，近处一块草地沐浴着月光，一眼望去像是一个湖。但是山上每片湿漉漉的叶子晶莹明亮，使悬在上面的星星黯然失色。许多叶子和叶刃上都挂着水滴，又大又亮宛如躲在幽深处的萤火虫。更大一点儿却不更亮的是丘谷窗户映出的三四束光亮。风息了，但是一英里长的树林从它们的叶子上下着雨，弄出了风声，每滴参差掉下的水珠从最近的枝杈坠落，清晰可闻，一种令人神往的声音，仿佛它们在一遍遍泄露阵雨的吻。空气自身沉甸甸的，如同蜂蜜酒多加了紫杉和红松、百里香的芬芳。

[注释]
①千里光：一种植物。

# 七月的草地

[英] 理·杰弗里斯

　　七月里有只苍蝇在绵长的草地上飞来飞去。它的双翼在它的四周形成了一个圈圈，犹如网状，噗噗不停地拍打着，宛如一朵云彩把它团团围绕住。当它飞过直立如树的草木时，一棵异常高的植物不时地挡住了它的去路，于是它就依附在那儿，然后眼睛就能从容地游目于双翼上的猩红斑点——那是无比可爱的颜色。风儿把草梗吹得晃晃悠悠的，苍蝇依附不住了，又在草木丛中飞走了。那些草木是禾科或是其他什么科属，或者叫什么名目，它毫不在意，名目之于它毫无意义。它要做的一切，就是在灿烂的阳光里，旋转它那猩红斑点的双翼，想栖息便栖息，然后继续地飞来飞去。一身鲜艳的猩红斑点，裹在紫红金黄的生命里，这可是一份喜悦呢。我觉得好奇：带着这种色彩的生灵，会不会感觉得到色彩的意味呢？玫瑰，在一束束阳光洒落在花园围墙上面之前，在朝露欲滴的清晨显得那么宁静，一定是感受到了自己芬芳馥郁的一份喜悦，一定是认识到了自己红色的花瓣那种细腻的色调。玫瑰沉湎于它的美丽之中。

　　苍蝇来回旋扑猩红斑点的双翼，往身上涂抹着阳光，和沙滩上戏耍的孩子们一样，苍蝇想不到什么草地、太阳，它才不去理会它们——所以显得那么快活——比光脚丫的孩子们来得快活，他们总要东问西问的，比如为什么那里有大海啦，落潮的时候为什么海水不会彻底干枯啦。苍蝇是无意识的，它生活而不寻思生活，假如阳光夜以继日地照耀下去，它还嫌时间不够长呢。永不嫌多，太阳和婆婆滑落的阴影永远都不嫌多，它们宛若一只纤手伸向桌子的对面，情意缠绵地落在我们的肩膀。芳香如花的草地也永不嫌多，即使我们能够长寿永年，寿命和起起落落的潮汐次数不相上

147

下，一连四年倒计朝朝夕夕的光阴，直至我们发现是先有黑夜，还是先有白昼。猩红斑点的苍蝇对草木的名目一无所知，它们生长在靠近海边的草皮上，一想到苍蝇，我便决定再也不去刻意记住任何草木的名目了。我把那一大本草木科属的书落在家里了，烫金的封面上渐渐积起了灰尘。今天早晨我采了一把我也叫不出名目的草木。我要坐在这块草皮上，猩红斑点的苍蝇不会理睬我的，仿佛我不过是一株草木。我不要思想，我要失去意识，我要生活。

听！那是夏日低婉的淙淙鳞波，拍打着碧绿的海水下面裸露的岩石。美丽的一切都是无意之中发现的，美好的一切也是如此。我身边有一块祈祷用的方毯，大小恰好容膝，是华丽的金黄和嫣红双色交织的。东方历代的苏丹王从来没有如此漂亮的跪毯。它确实太漂亮了，跪在上面多不忍心，置身于金灿灿的鲜花丛中，即使为了祈祷，也不该折损它们的生命。不该毁坏它们的容颜，一根花茎也不能折弯。比较恭敬的态度就是别跪在鲜花上，因为这一方跪毯代表了祈祷的心意。我要坐在它旁边，让它为我祈祷。多么平凡的牛角花呀，遍地生长。不过我要不是一连几天有心探寻，我就发现不了这么一块草地，五色纷呈，金光烨烨，日照之下流光溢彩。你或许从这里大步流星地走过去，然而值得你回想一周，追忆一年。细细长长的草木，修枝纤柯错落有致，花粉点缀着枝梢，形若球果，层见叠出——弱不禁风，所以总长不高——在山冈的脚下丛簇生长。它们不敢长高，否则一时刮风，啪嗒一声，众芳折腰。一株苗壮粗大的绿枝，在树篱旁长得足有三英尺，顶端差不多又有一英尺高，苍翠入目，挺拔雄展，昂首向你召唤，你应该赞美一句："青青绿枝，英姿勃发！"这些草木的芒刺接二连三地伸了出来，这些草木的顶端仿佛抹去了棱角，有些低垂在下面矮矮的叶片上，还有一些你只能在拨开它们周围的累累丛翠的时候发现它们，林林总总，百叶千枝，千条万缕。干燥的山冈顶上，威严森然的罂粟对它们却不屑一顾，群氓之流多如牛毛，举不胜举。神气活现的罂粟，它们是无花无果的一族，七月野地里的君主，不能深深地扎根，只是绚丽夺目烂漫，一时风光如云烟过眼。它们毫无用处，它们充满苦味，它们总和沉睡、毒药、漫漫长夜连在一起。可是它们不是寻常之物，所以得到宽恕。不论什么东西，哪怕遍地皆是，都不会使罂粟变成寻常之物。它们具有一种天赋，色彩的天赋，于是它们得以幸免。即使它们占据了谷物的耕地，我们还是啧啧赞叹。成群成簇的青枝绿叶漫山遍野，层叠盘错，苍茫无际，走遍五湖四海的牧场和草地，看不到跟百草之王罂粟相似之处。统治者历来是外夷。从英格兰到华夏，本国人绝当不上国王。罂粟即为野地里的征服者。山冈上有一株罂粟太美了，花瓣舒展，色泽晶莹如丝，色度比其他的深三分——绯红近似赭色。我希望不只是凝望着赤橙黄绿的五彩缤纷，不只是观赏而已，不完全是如饮佳酿如吸芳香，而是不知不觉把它化为我生命的一部分，这样便可以体验它的生活。

要想探寻七月的草木，就该去那些角隅之地和偏僻的去处，而不是在辽阔的土地上——镰刀已经夺走了它们的生命。在小路土坡的旁边，靠近通道的地方——看一眼，还有呢，在不引人注目的地方，那些土堆上没有竣工的建筑物的后面，楼房拔地而起，地基已经被人遗忘，这里昔日的遐想荡然无存。那些地方野草丛生，无拘无束，要在别处它们就找不到憩息之地，罕见的品种和硕大的植物奇巧百出。就像每件人们寻觅的东西一样，奇花异草偏在希望不大的情况下为人发现。在池塘后面，在林地的方圆之内，在麦田的角角落落，在古老的采石场，该去这些地方寻花觅草，或者走入令人不快的沼泽地来到海边。有些赏心悦目的花草偏偏生长在路边，你不妨在沟沟坎坎的小路上寻觅一番，也可以朝溪边空心的树干里张望几眼。一上午你信手拾掇，便可抱着一大扎花草满载而归。把粗大一些的梗茎斜割一刀，比如芦苇，俨然扎根于绿油油的草地。你一边摘采，一边要琢磨，比如梗茎的高度和细嫩、低垂和弯曲的程度，花序的形状色彩，花粉的浓淡，风中的婆娑摇曳。你是可以带回家一束花草，可是吹拂花草的风儿却始终空空如也。

# 九月夜景

### [法] 弗·莫里亚克

　　一道道房门关上了。我推开大门那沉重的门扉。它抵抗着我的推力。从前，母亲每天黎明把门打开，让清新的空气进入屋内，并在阴暗的四壁内把它囚禁到傍晚，那推门的吱嘎声常常把我从梦中惊醒。

　　我往前走了几步，我停下来，我倾听着。九月的草儿不再颤动了。我仿佛听见葡萄架下有蟋蟀唱歌，但那也许只是我耳朵的嗡鸣和往昔的夏日在我记忆中的絮语。半轮残月挂在空中。月光是微弱的，但足以使其他星星黯然失色。她高悬在那儿，挑逗着大地。对月儿的魅力我变得冷漠了，她飘浮在太多的被忘却的蹩脚诗歌之上。月亮是音乐家和诗人的危险的启迪者，是浅薄的形象和乏味的激情的母亲，她给黑夜和星辰抹上了忧郁的色调。

　　星辰，并非因为我曾经在它们的荟萃中辨明了自己的方位。可是在这儿，有几颗星星被驯服了，并且脱离了广大的星群，仿佛它们熟悉我的声音，仿佛它们从草原深处应召跑来在我手心里啮食。我要根据我的祖屋的位置才能叫出它们的名字，虽然是为数不多的几颗。我已经忘记猎户座在天空出现的时间和地点。但金牛座在那儿，还有大角星。月亮妨碍我重新找到织女星。

　　我冷漠、洒脱，穿过我今世不会重演的那出戏的布景往前走去。我诅咒月亮，但我摈弃的是整个夜的奥秘。同黑暗串通的年纪已经过去了。在这无边无涯的屏幕上，我不再有什么东西需要投射。青春不仅离开了我们，而且退出了这个世界。任何年轻的生命都是不自知的魔法师。当我们还有可能的时候，我们对黑夜施以魔法。她赐还我们的就是我们给予她的东西。

# 初 秋

[日] 川端康成

　　在比平常稍凉的水中游过泳，腿脚会显得略洁白些。莫非蓝色的海底有一种又白又冰凉的东西在流动？因此，我觉得秋天是从海中来的。

　　人们在庭园的草坪上放焰火。少女们在沿海岸的松林里寻觅秋虫。焰火的响声夹杂着虫鸣，连火焰的音响也让人产生一种像留恋夏天般的寂寞情绪。我觉得秋天就像虫鸣，是从地底迸发出来的。

　　与七月不同的，就是夜间只有月光，海风吹拂，女子就悄悄地紧掩心扉。我觉得秋天是从天而降的。

　　海边的市镇上又新增加许多出租房子的牌子，恰似新的秋天的日历页码。

　　秋天也是从脚心的颜色、趾甲的光泽中出来的。入夏之前，让我赤着脚吧。秋天到来之前，把赤脚藏起来吧。夏天把趾甲修剪干净吧。

　　初秋让趾甲留点儿肮脏是否更暖和些呢？秋天曲肱为枕，胳膊肘都晒黑了。

　　假使入秋食欲不旺盛，就有点儿空得慌了。耳垢太厚的人是不懂得秋天的。

　　纪念大地震已成为初秋的东京一年之中的例行活动。今年九月一日上午，也有十五万人到被服厂遗址参拜，全市还举行应急消防演习。抽水机的警笛声，同上野美术馆的汽笛声一起也传到我的家里来了。我去看被服厂遭劫的惨状，是在九月几号呢？

　　前天或是大前天，露天火葬已经开始了，尸体还是堆积如山。这是入秋之后残暑酷热的一天。傍晚下了一场骤雨。在燃烧着的一片原野上，连

个躲雨的地方都没有，乱跑之中成了落汤鸡。仔细一看，白色的衣服上沾满了灰色的污点。那是烧尸的烟使雨滴变成了灰色。我目睹死人太多，反而变得神经麻木了。沐浴在这灰色的雨里，肌肤冷飕飕的，我顿时感受到已是秋天了。能够比谁都先听到秋声，有这种特性的人也是可悲吧！

这是啄木鸟的一首诗歌，无疑事实就是那样。我家里有五六只狗，其中一只对音乐比一般人对音乐更加敏感，它听到欢快的音乐就高兴，听到悲哀的音乐就悲伤，它不仅会跟着留声机吠叫，还会像跳舞一样扭动着身躯，然而它一点儿也感受不到初秋的寂寞。动物虽然感受到季节的冷暖，但它们并不太感受到季节的感情。

事实上，草木、野兽本能地随着季节的推移而生活着，唯独人才逆着季节的变迁而生活，诸如夏天吃冰，冬天烤火。尽管如此，人反而更多地被季节的感情所左右。回想起来，所谓人的季节感情，人工的东西太多了吧。我不禁惊愕不已。

据说，南洋群岛全年气候基本相同，看星辰就知道是什么季节。夏季可以看到夏季的星星，秋季可以看到秋季的星星。若是能把身边的季节忘却到那种程度，这样的生活又是多么健康啊。也没有像美术季节那样的人工季节。

# 黄　光

### ［苏联］　康·格·巴乌斯托夫斯基

　　我醒来是在灰蒙蒙的黎明时分。屋里洒满了均匀的黄光，仿佛是煤油灯光。光是从窗子下面照进来的，圆木天花板给照得最亮。

　　奇怪的光——不太亮，一动不动——不像是阳光。这是秋叶在发光。在有风的漫漫长夜里，花园里枯叶撒了一地。落叶簌簌作响，一堆堆地堆在地上，发出暗淡的光辉。由于这光，人的脸好像晒黑了似的，桌上翻开的书页上仿佛蒙上了一层旧蜡。

　　就这样开始进入了秋天。对我来说，它在这天早晨立刻就到来了。在这以前我没注意到它：花园里还没闻到腐烂的树叶味，湖里的水还没有发绿，早上，木板屋顶上还没有铺上一层厚厚的严霜。

　　秋天来得很突然。由于一些最不引人注意的事物而引起的幸福感觉——由于听到鄂毕河上远方轮船的汽笛声，或是由于一个偶然的微笑——有时就是像这样突然到来的。

　　秋天出其不意地到来，立刻占领了整个大地——统治了花园和河流，森林和空气，田园和鸟儿们。一切都成了秋天的。

　　山雀在花园里跑来跑去。它们的叫声好似打碎了的玻璃的声音。椋鸟头朝下倒挂在树枝上，从枫叶后面向窗子里张望，发出好像用钉锤敲打鞋底的啪啪声。隔壁院子里住着一个性情快活的人——村里的鞋匠，椋鸟在模仿他，而且经常为了雌椋鸟而争斗。

　　每天早晨，许多候鸟聚集在花园里，仿佛是聚集在一座孤岛上，在各种鸟鸣的伴奏下乱作一团。从树上落下一簇簇被弄掉的叶子。只有白天花园里是静悄悄的：不安静的鸟儿们已经飞往南方去了。

153

树叶开始飘落。白天夜里，叶子落个不停。它们时而随风斜飞，时而垂直降落在湿润的草丛中。树林里落叶纷飞，仿佛在下蒙蒙细雨。这雨一下就是几个星期。只是快到九月底的时候，小树林才变成光秃秃的，透过密密的树干，才开始能看到寒光闪闪、微微发蓝的远方收割后的田地。

这时，一向对人唯唯诺诺的老头儿普罗霍尔给我讲了一个关于秋天的故事。他是个渔夫，又是个编篮子的人（在索洛特契，几乎所有的老头子随着年龄的增长，都会成为编篮子的人）。这故事以前我从来没有听到过——大概是普罗霍尔自己编出来的。

"你看看周围，眼光敏锐一些，"普罗霍尔一面用锥子在编树皮鞋，一面对我说，"你仔细看看，我的好人，每一只鸟儿，要么，比如说吧，每一只旁的小动物，流露出来的都是什么样的感情啊。你看看，讲给我听听。要不，人们就会说：你算白上大学了。比方说，秋天叶子就掉了，可是人们想不到，人要对这负主要责任。譬如说吧，人发明了火药，可敌人要让他和这火药一起炸个粉碎。从前我自己也喜欢用火药来取乐。古时候村里的铁匠打成了第一支猎枪，给枪里装满了火药，猎枪落到一个傻瓜手里。傻瓜在树林里走，看到黄鹂在天上飞，愉快的黄色小鸟边飞边叫，叫得怪好听的，它们是在邀请客人哩。傻瓜用双筒猎枪朝它们开了一枪——金色的羽毛落了一地，落到树林里，树林就干了，变了颜色，一下子树叶全掉光了；另一些叶子，鸟的血落到上面，就变成了红的，也都掉了下来。不是吗，你看到树林里有些叶子是黄的，有些叶子是红的。在那以前，鸟儿都在我们这儿过冬。就连仙鹤，也是哪儿都不去。树林呢，不管是夏天还是冬天，都长满绿叶，到处开满了鲜花，遍地都是蘑菇。那时候也没有雪。等等，你先别笑！我说的是，没有冬天。没有！请问，我们可要它，要这个冬天干什么用呢？！从它那儿能得到什么好处呢？傻瓜打死了第一只鸟儿——大地就发愁了。打那时候起，就有了落叶、潮湿的秋天、秋风和冬天——鸟儿们都吓坏了，离开我们飞走了，在抱怨人们哩。亲爱的，可见是我们自己弄坏了的，我们应该什么也别损坏，要牢牢地保护着。"

"保护什么呢？"

"嗯，比方说吧，各种各样的鸟儿，要么是树林，要么是水，让水都清澈见底。老弟，什么都要爱惜，要不，大手大脚，任意挥霍地上的财富，挥霍光了，就要倒霉了。"

我曾经长期坚持不懈地研究秋天。要想真正能看到点儿什么，就得让自己深信，你是平生第一次看到它。对秋天也是如此。

我让自己相信，索洛特契的这个秋天是我一生当中的第一个也是最后一个秋天。这有助于我更加聚精会神地细心观察它，并看到许多从前我没有看到过的东西，从前，秋天往往是不知不觉地就过去了，除了记忆中阴郁的秋雨、泥泞和莫斯科潮湿的屋顶，从未留下任何痕迹。

我看出，秋天把大地上一切纯净的色彩都调和在一起，像画在画布上那样，把它们画在遥远的、一望无际的大地和天空上面。

我看到了干枯的叶子，不仅有金黄和紫红的，而且还有鲜红的、紫的、深棕色的、黑的、灰的，以及几乎是白色的。由于一动不动悬在空气中的秋天的烟雾，一切色彩都似乎显得格外柔和。而当下雨的时候，色彩柔和这一特点就变成了豪华：被云遮住的天空仍然能提供足够的光线，让远方的森林仿佛笼罩在一片深红和金黄的火焰之中，宛如在熊熊燃烧，蔚为奇观。松林中，白桦冷得发抖，渐渐稀少的叶子如同金箔一样纷纷飘落。斧头伐木的回声，远方女人们的呼喊声，鸟儿飞过时翅膀扇起的微风，都会摇落这些叶子，它们在树枝上的地位竟是那样不稳。树干周围堆着很宽的一圈圈落叶。树从下往上开始变黄了：我看到，白杨的下边已经变红，树梢却还完全是一片翠绿。

秋天里，有一次我泛舟普罗尔瓦河上。正是中午。太阳低悬在南方。斜射的阳光落到发暗的水面上，又反射回去。船桨激起层层波浪，波浪上反射出一道道太阳的反光，有节奏地在岸上奔驰，反光从水面升起，然后熄灭在树梢之间。光带潜入草丛和灌木丛的最深处，一刹那，岸上突然异彩纷呈，仿佛是阳光打碎了五光十色的宝石矿，星星点点的宝石同时迸发出耀眼夺目的光辉。阳光时而照亮闪闪发光的黑色草茎，以及挂在草茎上、已经干枯了的橙黄色浆果；时而照亮毒蝇蕈仿佛撒上点点白粉的火红色帽子；时而照亮由于时间太久、已经压成一块块的橡树落叶；时而又照亮瓢虫的黄色背脊。

秋天我时常凝神注视着正在飘落的树叶，想要把握住那不易察觉的几分之一秒的瞬间，看到叶子从树枝上脱落、开始飘向地面的情景，但我很久都没有能做到。我在一些旧书上看到，落叶会发出簌簌的响声，可是我从来也没听到过这种声音。如果说叶子会簌簌地响，那么这只是在地上，在人脚底下的时候。以前我觉得，说叶子会在空中簌簌作响，就像说春天能听到小草生长的声音一样，同样是不足信的。

我的想法当然并不对。需要有时间，让听惯城市街道上的种种噪声、已经变迟钝了的听觉能好好休息一下，能够捕捉到普通的秋天大地上非常纯正、非常准确的声音。

有天晚上很晚我到花园里的井边去。我把光线暗淡的煤油提灯放在井栏上，从井里打水。水桶里漂着几片黄叶，到处都是落叶，无论什么地方都无法摆脱它们。从面包房来的黑面包上粘着一些潮湿的叶子。风把一撮撮叶子抛到桌子、吊床、地板和书本上；在花园里的小路上，连走路都很困难：不得不在落叶上行走，就像在雪地里行走一样。我们会在雨衣口袋、便帽和头发里找到落叶——到处都是。我们睡在落叶之中。浑身都浸透了落叶的酒香。

有时，秋夜万籁俱寂，静得出奇，森林边缘没有一丝微风，只有从村口隐约传来一阵阵并不响亮的、打更人的梆子声。

那天夜里就是这样。提灯照亮了水井、篱边的一棵老枫树和已经变成一片金黄的花坛上被风翻乱了的金莲花丛。

我望望那棵枫树，看到一片红叶小心翼翼地慢慢脱离树枝，颤抖了一下，在空气中稍一停顿，然后摇摇晃晃，发出极其轻微的簌簌声，斜着飞向我的脚边。我第一次听到了落叶的簌簌声——声音含糊不清，好似婴儿的喃喃低语。

夜笼罩着已经静下来的大地，是一个满天星斗、十分寂静的夜晚。星光直泻，异常明亮，几乎令人目眩。我眯缝起眼睛。秋天的星座在水桶里和农舍的小窗子上闪闪烁烁，和在天空中一样紧张用力。

秋夜的英仙星座和猎户星座，金牛座昴宿星团和双子星座模模糊糊的光斑，正沿着它们有规律的轨道在地球上空缓慢地移动着，在黑黝黝的湖水里微微颤抖，照着狼群正在其中打盹儿的丛林，显得暗淡无光，照着在斯塔里查和普罗尔瓦河浅滩上熟睡的鱼儿，在鱼鳞上发出微弱的反光。

黎明前，天狼星在东方点起一盏红灯。它的红光总是会陷入柳树乱蓬蓬的叶丛之中。木星在草地上发黑的草垛和潮湿的小路上空嬉戏，土星则从天空的另一边，从每年秋天都被人类忘却和遗弃的森林后面升起。

星光灿烂的夜经过大地上空，在干枯的芦苇簌簌的响声和秋水的酸涩气味中，洒下一阵阵流星的寒冷的火花。

秋末，我在普罗尔瓦河边碰到了普罗霍尔。他须发银白，头发乱蓬蓬的，浑身沾满鱼鳞，正坐在杞柳丛旁钓鲈鱼。一眼看上去，普罗霍尔至少有一百岁的样子。他用没有牙齿的嘴微微一笑，从篮子里拖出一条正在疯狂挣扎的、又粗又大的鲈鱼，拍一拍它那很肥的肚子，夸耀他钓鱼的成绩。

直到晚上，我们坐在一起钓鱼，嚼着又干又硬的面包，小声谈论着不久前发生的那场森林火灾。

大火是从洛普哈村附近一个林间空地上烧起来的，割草的人们忘了熄灭那儿的一堆篝火。由于刮干热风，火很快被吹向北方，它以每小时二十公里的火车行驶的速度向前推进。它声势浩大，犹如数百架紧贴地面做超低空飞行的飞机。

浓烟遮住天空，太阳悬在空中，如同一只血红的蜘蛛吊在一面织得十分紧密的灰白色蛛网上，烟熏得人眼睛痛，仿佛在下一场缓缓降落的灰雨。它给静静的河水蒙上了一层灰。有时从空中飞来一些白桦叶子，这些叶子也已变成灰烬。只要轻轻一碰，它们就会化作灰尘。

一群群野鸟跌进火中，都被烧焦了。爪子被火烧伤的熊爬进湖中，陷在很深的淤泥里。它们又痛又气，高声吼叫。蛇来不及避开大火，火灾之后，村里的小男孩们从沼泽地里带回许多烧焦了的蛇皮。

夜间，阴郁的火光在东方盘旋飞舞，各家庭院里牛鸣马嘶，地平线上突然亮起一颗白色信号弹——这是灭火的红军部队互相警告：火已经离得很近了。

"我在那时候，就在起火以前，"普罗霍尔轻轻地说，"正好到小湖上去，还带了猎枪。我碰到一只兔子，是棕黄色的，有一只耳朵破了一道口子。我开了一枪，没打中。老了，我的眼睛不等枪响就会眨眼。要么是，比如说吧，会流眼泪。我可是个蹩脚猎人！

"这是在白天，最闷最热的时候。我热得闭上了眼。躺到一棵白桦树下，睡着了；这样更容易等到晚上热气消退的时候。一股烟味把我熏醒了，我看到——风把烟吹过来，吹得湖上到处都是烟。眼睛刺痛、喘不过气来。着火了，可是看不见火。

"唉，我想，闹了半天，竟落了个不得好死。那时候树林干得冒烟，就像火药一样。我往哪儿去，往哪里跑啊？反正一样，火会压倒我，挡住我的路，哪里也不让我去。怎么办呢？

"我顺着风跑，可是湖那边火已经在白杨林里噼噼啪啪地烧着了，眼看着火舌在舔苔藓，在吞食野草。我喘不过气来，心在怦怦地跳，我猜到，火就要烧过来了。

"我跑着，好像一个瞎子，不知道是往哪儿跑，大概什么也没看见，在一个土墩上绊了一跤，这时，就在我脚底下跳出一只兔子，它一点儿也不害怕，在我前面跑着，一瘸一拐，竖着两只耳朵。我跟在它的后面，心想，咱们两个一道，兴许能想法逃出去，不至于死在这里，因为树林里的兽类比人的鼻子灵，嗅得到哪里有火。我怕被它落下，对它大声喊：'请跑慢一点儿！'它呢，自己都快跳不动了。

"我这样和兔子一起跑了多久呢，我记不得了。不过烟味已经小了。我回头一看，风正卷着火苗渐渐往后退，刮到红色沼泽地那边去了。这时我一下子倒在地上：我的力气用光了。我躺在那儿，兔子躺在我的旁边，在大声喘气。我一看，它后面的两只爪子已经烧焦了。

"我躺着，好好休息了一阵子，把那只兔子装进口袋里，好容易才算走回自己村里。我把兔子带到兽医那儿，想治好它的伤。兽医笑了。'普罗霍尔，'他说，'你最好还是把它烤熟了，就着土豆吃掉它吧。'我啐了一口，就走，把兽医骂了一顿。

"兔子死了。在它面前我是有罪的，就像对孩子犯了罪一样。"

"老大爷，你有什么罪过呢？"

普罗霍尔沉默了一会儿，笑了笑说：

"怎么有什么罪过？那只兔子，我的救命恩人，一只耳朵上有一道口子啊。对兽类，也得懂得它的心哪，不是吗，你认为呢，我的好人？"

"你恐怕还一直在打猎吧？"我对普罗霍尔说。

"不——不，亲爱的，看你说的！现在我把枪都卖了，见它的鬼去吧！如今对兔子我连碰都不敢碰了。"

天快黑了，我才和普罗霍尔一道回去。太阳落向奥卡河后面，在我们和太阳之间横着一条暗淡的银白色带子。秋天的蛛网密密麻麻覆盖着草地，太阳照在上面，不时发出反光。

白天蛛丝随风飘荡，缠住未收割的牧草，宛如一根根很细的银丝，黏在桨上、脸上、钓竿梢上和牛角上。它从普罗尔瓦河的此岸拉到对岸，慢慢在河上织出许多轻飘飘富有黏性的网来。早晨蛛网上露水盈盈。在阳光照耀下，罩在蛛网和露珠下的柳树俨然是童话中的仙树，似乎是从遥远的远方迁移到梅肖尔土地上来的。

每一面蛛网上都有一只小蜘蛛。蜘蛛是在风带着它飞过地面的时候结网，有时会连着蛛丝飞出几十公里。蜘蛛的这种飞行很像秋天候鸟的迁移。但直到现在谁也不知道，为什么每年秋天蜘蛛都要飞行，用它极细的细丝覆盖大地。

在家里，我洗掉脸上的蛛丝，生起了炉子。白桦木的烟味和璎珞柏的香气混合在一起。一只老蟋蟀正在唱歌，地板下面老鼠蠢蠢欲动。它们把丰富的储备拖进自己的洞里——被遗忘了的干面包和蜡烛头、白糖和几块又干又硬的干酪。

在老鼠弄出来的轻微的响声中，我睡着了。我梦见，星星落到湖里，旋转着发出沙沙的响声，沉入湖底，在水面上留下一些金色的波纹。

深夜里，我醒了。已经鸡叫二遍，一动不动的星星在我们习惯看到它们的位置上闪闪发光，风小心翼翼地在花园上空喧闹，等待着黎明。

# 秋　思

### [美] 唐·霍尔

　　新罕布什尔深秋九月，我们一早醒来，倚着曙色浸染的窗户，凝望南面的基尔萨奇山。窗外那棵硕大的枫树把整个山坡烧得通红。早晨一天天火热起来，日子也一天比一天厉害，就像儿子终归要超过父亲。我们走到野外，踏着寒冽的露珠，审察一夜寒风的辉煌遗迹——新枝乍地红了，先前红了的枝叶一夜间成了一簇簇燃烧的烈火。真是万木争辉，谁都不甘示弱。下午，我们带上加丝，漫步在无边的秋野。这条披着橡树叶儿似的毛发的小狗，蹦蹦跳跳走在我们前头，忽而蹿得老高，追逐着一片翻飞的叶子。多半儿，我们会顺着通往拉吉德山西北坡的土路，穿过红灿灿的橡树和枫树林荫道，穿过黄澄澄的野桦林，一直走到新加拿大。山的下坡，树叶落了，露出了山谷。在这些四月以来最晴朗的日子里，我们极目远眺，山谷对面，佛蒙特州的山山岭岭，历历在目。狗儿欢蹦欢跳，我们的心也不胜欣喜地剧烈跳荡着。此时，这里的景色一如意大利陶器或大歌剧，优美动人。

　　要么，我们就在鹰潭周围低低的土路上款款而行，走过南端那座摇摇欲坠的桥——潭水从桥下源源流向黑水河的支流，来到海獭出没的沼泽边，疤疤节节的枯朽的白杨树干锥子似的插在湿地上。驻足伫立，潭子四周一片姹紫嫣红，令人惊叹不已，低矮的树棵棵染上了橘黄色、朱红色、粉红色、锈红色，银灰色树干和绿油油的冬青杂陈其间，好一块集了天底下最有异国情调的色彩织成的粗花呢毯。一眼望去，绛紫一片；细细察看，却寻不出一丝儿紫色。随后，我们往回走，不论从哪个方向回家，一想到即将见到的情景，我们激动不已，心血沸腾，仿佛那景象我们永远是初次经历：房子浮坐在秋潮中央，黄烛似的树叶映着本色的库房，不规则向外延伸的白屋，嵌着绿色的百叶窗，衬托着拔地而起、红烈烈的野枫。屋子的后面，拉吉德山兀然而立，烂漫的山坡疯狂地展示它不同色彩、不同形状、不同质地的画册。我们正置身于这肌肤艳丽然而佳景难留的秋色之中。

　　要么，我们开车——这是多么危险，谁还有心看路呢——到深深留在我们记忆中的地方去。车子在八十九号州际高速公路上飞驰着，直奔康涅狄格河谷。我们沿着开阔的谷底爬上高高的谷坡，蔚然壮观的峡谷风光一览无余。这是秋天慷慨的馈赠。远方，低低的山峦闪烁着五彩缤纷的光焰；近处，一片叶子挡在眼前，还有一棵树，嵯峨而局促地挺立在那儿；最胜是远近之间的景致。距离产生了某种暂时的和谐与统一。不近不远处，色彩争艳，令人眼花缭乱。我们的车子在那些淑静的——只是在别的季节里淑静的——山山岭岭间穿行，跃入眼帘的是叶子，是树，是一幅幅风格豪放的表现派油画。斑斓的色彩忽而散开，忽而集拢，令人目不暇接，直叹此乃人间仙境，造化神功。过了丹伯里，一〇四国道以东，拉吉德山（滑雪爱好者冬天的圣地）以北，有一片空地。山地在这儿豁然开阔成一片旷野。这片面积与鹰潭相当的空地，平展似宁静的水面。10月，我们总爱在这儿停车凝望。这块小不溜儿的平原那边，又是逶迤起伏的群山……从富兰克林回来，我们取道东安多弗城至安多弗村的那条偏僻的小道。这条狭窄的小路起起伏伏，经过一座座荒废的农场，一幢幢高大的农家房屋，有的农场，屋边榆树依旧；有的牧场，虽开垦于两百年前，但至今没有长满青草，依然瘦石嶙峋。有两幢富丽堂皇的十八世纪房屋（其中有家庭基地的那幢的主人原是巴切尔德总督）矗立在路旁。那些装着白色护墙板和楣窗的乔治式房屋方方正正，傲然挺立，从里面可以远眺崇峻雄伟的基尔萨奇山；在不远处与周围绮丽的秋景斗妍的拉吉德山南坡也清晰可见。

　　接着便是树叶凋零的时节。叶子红了，叶子暗了，叶子洋洋洒洒地落到地上。先红的树先掉叶儿。沼泽枫的枯叶撒满潮湿的泥地，当后面山冈上树木开始落叶纷飞的时候，它们便只剩光秃秃的枝梢直刺寒空。跟着，

桦树、白杨、榛树，还有那棵参天古枫，相继卸去各自的衣装。叶子们先是一片两片地在清凉、酸涩的空中打着旋儿；接着，十几片五光十色的叶子且舞且蹈，颤颤悠悠地落到银灰色草地上；最后，成百成千的树叶漫天飞扬，把天空挤迫得喘不过气来。它们彩练似的飘啊滚啊，在凄冷的晨幕上描画着旋荡的寒风踪迹。哦，伫立林中或屋边，一任凉意袭人的秋风吹拂着头发，红灿灿黄莹莹的叶子从四面八方丰厚而慷慨的树上不断飘来，轻抚我的面颊。唯有橡树岿然不动，决意要把它茎脉清晰的黄叶珍藏到寒冬，甚至早春。

雨是这番烂漫秋色的大敌。有些秋天，红的黄的叶子正火烈烈地闪烁着，突然的三天寒雨洗尽了所有的色彩。秋雨打落了艳丽的叶子，汲尽了它的色汁。当你漫步在褐色土路上，你只要信脚踢起一片落叶，就会发现叶子的肖像完整而清晰地印在泥土上，就像是小学生用的赛璐珞复印纸印上去的一样。这些年，壮丽的秋色短暂、兀然而炽烈。然而，哪一个秋天不是炽烈的呢……秋天，是最美丽的季节。

有的人毕生独爱秋天。在他们眼里，萧索的寒冬是秋之预言的实现和完善；春亦不过是秋的一段序曲，夏天则是微微倾斜的长廊，通向一年一度的绚丽烂漫。我们爱上了这焕发着勃勃生机的衰颓景象，仿佛我们是一群追逐女色之辈，厌倦了滑嫩肌肤下紧裹着无穷活力的十九岁的窈窕淑女，偏偏爱上更松软、更端庄，秘密地迸泄着生命火焰的三十岁的少妇。我们不去追逐亭亭玉立的少女或羞花闭月的美人，独钟情于满头银发、颧骨凸出但风韵犹存的年届半百的老妇。

我们这些挚恋着秋天的人，心中渴盼的正是十月枝头的红叶。要是谁在五六月里见到了这种叶子，那可真叫人寒心。那不是经风傲霜而渐渐成熟了的叶子，而是病态——火烧病、枯萎病，要么就是除锈剂害的，再不就是虫灾，或者早衰症——学着秋天壮丽的样儿灿灿然起来，就像儿童患了可怕的少年衰老症。但是，到了八月，在新罕布什尔，我们会很自然地寻觅着跳荡在枫树枝头的一抹真正的天赐的火红。是的，就是在八月，在那忽晴忽阴、忽暖忽冷，忽而是风暴大作、忽而是月光皎洁的变幻莫测的八月，一夜轻霜暗暗地挥动着画笔，一点一点地涂抹着瑰丽的秋景。中午，还是那么酷热、干燥，草垛烤得焦黄，行人被热浪蒸腾得奄奄一息，一见到湖水便匆忙扔下肩头的行装，不顾一切地冲过去。然而，清晨依旧是寒意袭人。在格伦伍德，我们一早起来，就生上火炉，烤走一夜寒气和寒露的湿气。这时，我们透过浓浓的晨霭，凝视窗外，暗自发问：山冈上是否添了几许新红？

今天，天气会暖和起来，说不定午后还要热上一阵。但是，天空如此晴朗，晚间肯定又是夜凉似水。你看，天上那些个星星，成千成万，那么明亮，那么耀眼，今宵又将是一场寒霜。什么地方什么人家的西红柿怕是保不住了。今儿中午，我们正在黑水饭店吃饭，一个老头刚跨进店门，就朝柜台边的另一个老头喊开了："你家园子挺过来了？"

碧苍苍的树上出现第一片红叶的时候，秋从此蔓延起来。绿茵茵的山坡上便有一棵树披上一色红装，那是成百上千枫树中的一棵，率先朝着这无边无际的碧色屏障开火了。随后，到了九月，沼泽枫繁茂的湿地上开始了火光烧天的总攻势。沼泽枫领头，跟着是小树林和乱丛棵子。这些很不起眼的小树棵棵，在春夏季节，为草原边的湿地默默奉献着微薄的绿荫，在高大的橡树和榆树（这种树，即便是在新罕布什尔，如今也很稀有了）主宰着的风景里，在黑魆魆的糖枫林中，谁还会注意到它们呢？但是，一到九月，它们全都粉墨登场，一层风采。沼泽枫是秋的前卫。它们在寒森森的晨幕上闪烁着，宛若朱红色珐琅，璀璨夺目。当山冈上的岩枫极力保持住夏日的那份青碧，甚至暗黛，这些沼泽枫正纷纷怒放着，恰似国庆的焰火……

秋天，是麦氏[1]苹果的季节，博恩果园种着三十七个品种的苹果。但是，在他们出售的苹果中，百分之九十八还是麦氏。夏末，我们驱车经过博恩果园，望着沉甸甸密匝匝的红球球压弯了树枝，心里直巴望开摘的日子早些到来。麦氏苹果刚熟时，味道并不比"美味"或"史奶奶"[2]好多少。爱吃正宗麦氏的人往往还要等上一段时间。熟透了的麦氏，一口咬下去，甜中带酸，细细品味，酸中有甜。嗨，那口味，那脆生生的质地，那才叫苹果呢！真是秋天慷慨的馈赠。质地脆嫩的果肉固然可口，但我们的内心深处，同样渴望着苹果之真髓的那甜润润的螯刺……我说的是苹果

酒。

每年十月，品尝第一口苹果酒的时候，我就回到了一九四四年秋天的那个下午。那天，我和一位新结识的朋友到野外作了漫长的散步。那是一个我永远珍惜的日子。人漫长的一生中，总有一些毫无痛楚的日子铭刻在心房里；然而即便痛楚，也是如同果酒一般甜美的痛楚。一九四四年九月，我第一次远离家乡来到新罕布什尔南方的一所预科学校学习。在那里，成日成夜地与那帮野蛮的浑小子生活在一起，举目无亲的我在无望的焦虑中学着拉丁文，暗地里不知流过多少泪。那些律师或经纪人家的少爷们，满头金发，厚厚的嘴唇，总是傲慢、冷漠地瞅着我，那不屑一顾的模样真可恨。有一次，我向一个神情沮丧——我只愿意与这种表情的人说话——的人问路，他声称自己对这儿也是一无所知。于是，我们结上了至死不渝的友谊。

一个星期天的下午，我和这位新结识的朋友相伴到郊外散步。我们沿着小城周围的土路走了四个多小时，差不多绕城兜了一圈。环城马路上，人迹罕至，那时汽油供应限量，这里更是车马之声不闻。土路附近，有好几座农场，有的密密匝匝地长满了庄稼，有的还没有耕种，是战备农场。土路上很干燥，灰蒙蒙的，不过空气倒很清凉——苹果收获时节嘛。我们一边谈着，一边兴致勃勃地踱着步子。我们从战争——战时该做些什么，战后又该做些什么——谈到毕业后的打算，谈到各自的父母、人生理想……就这样，在这澄明碧蓝的天空下，我们推心置腹地谈着彼此最珍爱的东西。我们漫步在新罕布什尔郁郁葱葱的榆树下③，漫步在饱经风霜却依然翁翁郁郁的橡树林中，漫步在胭脂般瑰丽动人的红枫里。我们走得很乏，于是抄了一条很窄的小路回校。小路是那么静谧，好像从来没人走过，是我们第一次发现似的。刚转过一道弯，只见一幢高高大大的白色房子耸立在眼前。房子前面是一块宽阔的草坪，草坪靠土路的边上有一棵榆树，榆树的浓荫下摆着一张桌子，桌子上有几只空玻璃杯和一只盛得满满的茶色大水罐，旁边一块木板上写着：苹果酒，五分一杯。

什么人想出的主意：十月灰蒙蒙的路边，苹果酒。真是绝了！显然，三十年来，说不定一千年来，我们是第一批顾客……过道上，传来了

"吭"的关门声。跟着，一位身着便装、腰系花裙、身材高大的老妇人磕磕绊绊地穿过草地，满带笑容地朝我们蹒跚而来。她收了我们两枚五分镍币，替我们倒了两杯酒；接着，收了两枚一角银币，替我们添了更多的酒。过后，她分文不取，把水罐里的果酒全倒给了我们。

夜幕降临的时候，我们才动身回去。红烁烁的枫树在黑暗里一闪一闪地燃烧着。我们陶醉在温馨的友情中，心情舒畅，步履轻盈，嘴里还残留着令人激动的灼烈的苹果酒味，仿佛一团苹果火在里面燃烧着。三十五年后，我朋友的妻子也许会发现我的朋友怔怔地伫立在房子的楼梯口，发现他们的一生与一九四四年那个星期天下午所憧憬的并非完全一致，但是，至少，那一天，那幢房子，那久长的友情，还有那苹果酒，已融进了他们的一生。

对于古老的农场生活来说，秋天是一个相对慵懒的季节……秋天以后，草不再长，牲口被移进栏子过冬，整日价拴在槽子上，嚼着金灿灿的干草、青贮饲料和谷物。大雪之前，是修围篱的时候。每年夏天，羊群，或者是一头公牛，总会在篱笆上留下一些窟窿。七八月里，你沿着两个牧场周围放牧时，也可以随手补上这些窟窿。但全面的修补，像我们那位诗人说的"修墙"④，还是秋收过后、冬令之前的那几天的活儿。你肩挎一卷铁丝，外衣兜里揣着钉子和锤子，四下搜寻着栅栏上被松塌的石块或风暴吹断的大树压坏的地方。你把石块搬回原处，扶起断树，然后在豁口处缠上更多的铁丝。此时，你置身十月的林中，环视四周，低斜而惨淡的秋光映照着参天大树红彤彤黄晶晶的叶子。倒腾完一块块石头，你歇口气，凝望着眼前的一切，心旷神怡。

人人凝望过，且仍在凝望着；哪怕在这儿住了一辈子的人，对此地的景色仍是百看不厌——我记得，那是些上了年岁的庄稼人。如今，我的表兄辈⑤仍旧是这样。我年轻的时候心想，也许老年人不会欣赏，不会细细品味身边的美景。后来，我终于明白：一百多年来，任何一个心甘情愿离开这片乡土的人，最终得到的回报是：失去了这片土地，换来了更多的金钱，更多的闲暇，更多的物质享受。而留下来的人中，缺乏进取心的碌碌无为之辈，是极少数；更多的人留下来是因为天伦之情、恋乡之情，大多

数人，完全是出于爱，才留在这里。我生活在一群凭自己所爱择地而居的人中间，这些人在我们的文化中是出类拔萃的。我们居住在自己爱住的地方，除了爱，便没有其他理由住在这儿。

万圣节前夕，马路边堆放着雕刻得千奇百怪的南瓜，一个个在万家烛光中龇牙咧嘴。夏天所有的幽魂全都出现了，来到各家门前，相聚在这十月的最后一个夜晚。按照历法，要到圣诞节前几天，即十二月二十二日冬至节，才算到了冬季。但是，灵魂的历法——像肉体的历法一样——却感觉到，当万圣节前夕悄悄拐进十一月的第一个清晨，老态龙钟地蹒蹒跚跚地走进了冬天……

准备冬的到来，是秋天荣华消逝后的主事……而感恩节的火鸡奏响了秋天最后的终曲："穿过树林，越过小河，我们来到爷爷家。"……我们庆贺完感恩节，十一月的白天开始早早地黑下来了。

也许，我们会懊恼这渐渐黯淡的日子。然而，暮秋的美却实在而冷峻。叶子落了，山上的花岗岩露出了脸儿。我们举目四望，重又见到了群山本来的面目，先辈们垒起的石墙断断续续、迤迤逦逦地伸向远方，在灰色的山坡上形成一个又一个灰色的矩形。

十月末或十一月初——几周寒霜过后，田野上一片枯黄，庄稼早早收割了；园子里的作物全拔光了；树几乎全是光秃秃的，房子裹在黄叶里等着过冬——突然来了一段神奇的复苏时辰：夏天重新拉开了帷幕。寒风温和了，太阳升起来了。小阳春百万富翁似的光临此地。这位腰缠万贯的陌生客穿行于基尔萨奇山和拉吉德山区，在迟钝的田野上恣意挥洒着黄金般的阳光。羽绒服被暂时搁置一边，人们又穿起了夏日的T恤衫。二楼窗户上的苍蝇醒来了，黄蜂慵懒地擦摩着腿脚。经住了严霜的紫苑花、黄菊花在风里摇曳，映衬着其他幸存的晚秋花草。木槿属薰衣草开着野花，细长的秋黄花也正怒放着。无疑，寒霜很快就会冻枯这些晚秋的花草；严冬也会以其漫天飞雪把它们压在身下。但眼下这五六天里，它们正乘着仲夏温暖的木筏，在这寂寥的秋潮上忘情地浮荡着。

[注释]

①即麦金托什苹果，色红，味极甜美。

②两者均为苹果品种。

③言榆树长势良好，没有病害。榆树是美洲传统树种，在美洲文化中，其意义已远远超出了单纯的树。美国诺贝尔文学奖得主奥尼尔有题为《榆树下的情欲》一剧传世。由于生态环境恶化，近几十年，该树大量死亡。

④指罗伯特·弗洛斯特的诗作《修墙》。

⑤唐纳德·霍尔的母亲是新罕布什尔人氏。

# 秋 夜

## 巴 金

窗外"淅沥"地下着雨，天空黑得像一盘墨汁，风从窗缝吹进来，写字桌上的台灯像闪眼睛一样忽明忽暗地闪了几下。我刚翻到《野草》的最后一页，我抬起头，就好像看见先生站在面前。

仍旧是矮小的身材，黑色的长袍，浓浓的眉毛，厚厚的上唇须，深透的眼光和慈祥的微笑，右手两根手指夹着一支香烟。他深深地吸一口烟，向空中喷着烟雾。

他在房间踱着，在椅子上坐下来，他抽烟，他看书，他讲话，他俯在他那个书桌上写字，他躺在他那把藤躺椅上休息，他突然发出来爽朗的笑声……

这一切都是那么自然、那么平易近人，而且每一个动作里仿佛都有先生的特殊的东西。你一眼就可以认出他来。

不管窗外天空漆黑，只要他抬起眼睛，整个房间就马上亮起来，他的眼光仿佛会看透你的心，你在他面前想撒谎也不可能。不管院子里暴雨下个不停，只要他一开口，你就觉得他的每个字都很清楚地进到你的心底。他从不教训人，他鼓励你、安慰你，慢慢地使你的眼睛睁大，牵着你的手徐徐朝前走去，倘使有绊脚石，他会替你踢开。

他一点儿也没有改变。他还是那么安静，那么恳切，那么热心，那么慈祥。他坐在椅子上，好像从他身上散出来一股一股的热气，我觉得屋子里越来越温暖了。

风在震摇窗户，雨在狂流，屋子里灯光黯淡。可是从先生坐的地方发出来炫目的光。我不转眼地朝那里看，透过黑色长袍我看见一颗燃得通红的心。先生的心一直在燃烧，成了一个鲜红的、透明的、光芒四射的东西。我望着这颗心，我浑身的血都烧起来，我觉得我需要把我身上的热发散出去，我感到一种献身的欲望。这不是第一回了。过去跟先生本人接近，或者翻阅先生著作的时候，我接触到这颗燃烧的心，我常常有这样一种感觉，其实不仅是我，当时许多年轻人都曾从这颗心得到温暖，受到鼓舞，找到勇气，得到启发。

他站起来，走到窗前，发光的心仍然在他的胸腔里燃烧，跟着他到了窗前。我记起了，多少年来这颗心就一直在燃烧，一直在给人们指路。他走到哪里，他的心就在哪里发光、生热。我知道多少年轻人带着创伤向他要求帮助，他细心地治好他们的伤，让他们恢复了精力和勇气，继续走向光明的前途。

"不要离开我们！"我又一次听见了这个要求，这是许多人的声音，尤其是许多年轻人的声音。我听见一声响亮的回答："我决不离开你们！"这是多年来听惯了的声音。我看见他在窗前，向窗外挥一下手，好像他又在向谁吐出这一句说过多少次的话。

雨住了，风也消逝了。天空不知在什么时候露出一点点灰色。夜很静，连他那颗心"毕毕剥剥"地燃烧的声音也听得见。他拿一只手慢慢地压在胸前，我觉得他的身子似乎微微地在颤动，我听见他激动地、带感情地说："忘记我，管自己生活。可是我永远忘不了你们。

"难道为了你们，我还有什么不可以拿出来的?

"难道为了你们，我还有过什么顾虑?

"难道我曾经在真理面前退却?在暴力面前低头?

"为了追求真理我不是敢说，敢做，敢骂，敢恨，敢爱?

"我所预言的'将来的光明'不是已经出现在你们的眼前?

"那么仍然要记住：为了真理，要敢爱，敢恨，敢说，敢做，敢追求!

"勇敢地继续向着更大的光明前进!"

静寂的夜让他的声音冲破了，仿佛整个空间都骚动起来。从四面八方送过来响应的声音，声音渐渐地凝结在一起，愈凝愈厚，好像成了一大块实在的东西。不知道从哪里送来了火，它一下子就燃烧起来，愈燃愈亮，于是整个房间，整个夜都亮起来了，就像在白天一样。

那一块东西继续在燃烧，愈烧愈小，终于成了一块像人心一样的东西。它愈燃愈往上升，渐渐地升到了空中，就挂在天空，像一轮初升的红日。

我再看窗前鲁迅先生的身形，它不知道在什么时候不见了。

我连忙跑到窗前。我看出来，像初日那样挂在天空里的就是先生的燃烧的心。我第一眼只看到一颗心。可是我仰起头仔细再看，先生的慈祥的脸庞不是就在那儿?他笑得多么快乐!真是我从未见过的表示衷心愉快的笑脸!

我笑了，我也衷心愉快地笑了。

我知道鲁迅先生并没有死，而且也永不会死!

我回到写字桌前，把《野草》合上，我吃惊地发现那一颗透明的红心也在书上燃烧。

原来我俯在摊开的先生的《野草》上做了一个秋夜的梦。

窗外还有雨声，秋夜的雨滴在芭蕉叶上的声音，滴在檐前石阶上的声音。

可是在先生的书上，我的确看到了他那颗发光的燃烧的心。

# 翻船人看黄鹤楼

## 三 毛

我们的三毛，在西班牙玩儿了一次滑铁卢，故事很曲曲折折，到头来，变得天凉好个秋了。

话说有一日下午两点多钟，我正从银行出来。当天风和日丽，满街红男绿女，三毛身怀巨款，更是神采飞扬。难得有钱又有时间，找家豪华咖啡馆去坐坐吧。对于我这种意志薄弱而又常常受不住物质引诱的小女子而言，进咖啡馆比进百货公司更对得起自己的荷包。

推门进咖啡馆，一看我的朋友梅先生正坐在吧台上，两眼直视，状若木鸡。我愣了一下，拉一把椅子坐在他旁边，他仍然对我视若无睹。

我拿出一盒火柴来，划了一根，在他的鼻子面前晃了几晃，他才如梦初醒："啊，啊，你怎么在我旁边，什么时候来的？"

我笑笑："坐在你旁边有一会儿了。你……今天不太正常。""岂止不正常，是走投无路。"

"失恋了？"我问他。

"不要乱扯。"他白了我一眼。

"随便你！我问你也是关心。"我不再理他。这时他将手一拍拍在台子上，吓了我一跳。

"退货，退货，我完了。混蛋！"大概在骂他自己，不是骂我。

"为什么，品质不合格？"

"不是，信用证时间过了，我们出不了货，现在工厂赶出来了，对方不肯再开信用证！""是你们公司的疏忽，活该！"我虽口里说得轻松，但是心里倒是十分替他惋惜。

"改天再说，今天没心情，再见了。"他走掉了，我望着他的背影发呆，忽然想起来，咦，这位老兄没付账啊！叫来茶房一问，才发觉我的朋友喝了五杯威士忌，加上我的一杯咖啡，虽说不太贵，但幸亏是月初，否则我可真付不出来。

# 手心有奇兵

当天晚上睡觉，大概是毯子踢掉了，半夜里冻醒，再也睡不着。东想西想，突然想到梅先生那批卖不掉的皮货成衣，再联想到台北开贸易行的几个好友，心血来潮，灵机一动，高兴得跳起来。"好家伙！"赶快披头散发起床写信。"××老兄，台北一别已是半年过去，我在此很好，嫂夫人来信，上星期收到了。现在废话少说。有批退货在此，全部最新款式的各色鹿皮成衣，亚洲尺寸，对方正水深火热急于脱手，我们想法子买下来，也是救人一命。我知道你们公司的资本不大，吃不下这批货，赶快利用日本方面的关系，转卖日本，赶春末之前或还有可能做成，不知你是否感兴趣？"

上面那封鬼画符的信飞去台北不久，回信来了，我被几位好友大大夸奖一番，说是感兴趣的，要赶快努力去争取这批货，台北马上找日本客户。我收信当天下午就去梅先生的公司，有生意可做，学校也不去了。

梅不在公司里，他的女秘书正在打字。我对她说："救兵来了，我们可以来想办法。"

她很高兴，将卷宗拿出来在桌上一摊，就去洗手间了，我一想还等什么，轻轻对自己说："傻瓜，快偷厂名。"眼睛一瞟看到电话号码、地址和工厂的名字，背下来，借口就走。电梯里将强背下来的电话号码写在手心里，回到家里马上打电话给工厂。

# 不识抬举的经理

第二天早晨，三毛已在工厂办公室里坐着了。

"陈小姐，我们不在乎一定要跟梅先生公司做，这批货如果他卖不了，我们也急于脱手。"

　　"好，现在我们来看看货吧！"我还要去教书，没太多时间跟他磨。

　　东一件西一件各色各样的款式，倒是十分好的皮，只是太凌乱了。

　　"我要这批货的资料。"

　　工厂经理年纪不很大，做事却是又慢又不干脆，找文件找了半天。"这儿，你瞧瞧！"

　　我顺手一翻，里面全弄得不清楚。我对他说："这个不行，太乱了，我要更详尽的说明，款式、尺寸、颜色、包装方法、重量，ＦＯＢ价马上报来，另外CIF报大阪及基隆价，另外要代表性的样品，要彩色照片，各种款式都要拍，因为款式太多。"

　　"要照片啊，你不是看到了？"问得真偷懒，这样怎么做生意。

　　"我只是替你介绍，买主又不是我，奇怪，你当初做这批货时怎么做的，没有样子的吗？"

　　经理抓抓头。

　　"好，我走了，三天之后我再跟你联络，谢谢，再见！"

　　三天之后再去，经理在工厂旁的咖啡馆里。厂方什么也没弄齐，又是那份乱七八糟的资料要给我。

　　"你们到底急不急，我帮你卖你怎么慢吞吞的，我要快，快，快，不能拖。"

　　想到我们中国人做生意的精神，再看看这些西班牙人，真会给急死。

　　"陈小姐，你急我比你更急，你想这么多货堆在这里我怎么不急。"他脸上根本没有表情。

　　"你急就快点儿把资料预备好。"

　　"你要照片，照片三天拍不成。"

　　"三天早过了，你没拍吗？现在拿件样品来，我自己寄台北。"

　　"你要这件吗？是你的尺寸。"

　　我睁大眼睛看他看呆了。

　　"经理先生，又不是我要穿，我要寄出的。"

他又将手中皮大衣一抖，我抓过来一看是宽腰身的："腰太宽，流行过了，我是要件窄腰的，缝线要好。""那我们再做给你，十天后。"他回答我的口气真是轻轻松松的。

"你说的十天就是一个月。我三天以后要，样品什么价？"

"这是特别订货，又得赶工，算你××西币。"

三毛一听他开出来的价钱，气得几乎说不出话，用中文对他讲"不识抬举"，就迈着大步走出去了。想当年，这批货的第一个买主来西班牙采购时，大概也被这些西班牙人气死过。

# 丑媳妇总要见公婆

当天晚上十点多了，我正预备洗头，梅先生打电话来："美人，我要见见你，现在下楼来。"

咦，口气不好啊！还是不见他比较安全："不行。头发是湿的，不能出来。"

"我说你下楼来。"他重重地重复了一句就将电话挂掉了。

三毛心里七上八下，没心换衣服，穿了破牛仔裤匆匆披了一件皮大衣跑下楼去。梅先生一言不发，将我绑架一样拉进车内，开了五分钟又将我拉下车，拉进一家咖啡馆。我对他笑笑："不要老捉住我，又不跑。"

他对我皮笑肉不笑，轻轻从牙缝里挤出几个字来："小混蛋，坐下来再跟你算账！"

我硬着头皮坐在他对面，他瞪着我，我一把抓起皮包就想逃："去洗手间，马上回来。"脸上苦笑一下。"不许去，坐下来。"他桌子底下用脚挡住我的去路。好吧！我叹了口气，丑媳妇总要见公婆。

"你说吧！"三毛将头一仰。

"你记不记得有一次你生病？"

"我常常生病，你指哪一次？"

"不要装蒜，我问你，那次你生病，同住的全回家了，是谁冒了雪雨替你去买药？你病不好，是谁带了医生去看你？你没有法子去菜场，是谁在千忙万忙里替你送吃的？没钱用了，是谁在交通那么拥挤的时候丢了车子闯进银行替你去换美金？等你病好了，是谁带你去吃海鲜？是谁……"

我听得笑起来："好啦！好啦！全是你，梅先生。""我问你，你怎么可以做出这种出卖朋友的事情，你自己去谈生意，丢掉我们贸易行，如果那天不碰到我，你会知道有这一批货吗？你还要我这个朋友吗？"

"梅先生，台北也要赚一点儿，这么少的钱那么多人分，你让一步，我们也赚不了太多。"

"你要进口台湾？"

"不是，朋友转卖日本。"

"如果谈成了这笔交易，你放心工厂直接出口给日本？你放心厂方和日本自己联络？能不经过我公司？""我不知道。"我真的没有把握。

"你赚什么？"

"我赚这边西班牙厂佣金。"

"工厂赖你呢？"

"希望不要发生。"他越说我越没把握。

# 吃回头草的好马

那天回家又想了一夜，不行，还要跟台北朋友们商量一下。

一星期后回信来了——"三毛：你实在笨得出人想象之外，当然不能给日方直接知道厂商。现在你快找一家信得过的西班牙贸易商，工厂佣金给他们赚，我们此地叫日方直接开LAC给西班牙，说我们没什么好赚的，事实上那张LAC里包括我们台北赚的中间钱，你怎么拿到这笔钱再汇来给我们，要看你三毛的本事了。要做得稳。不要给人吃掉。我们急着等你的资料来，怎么那么慢。"

隔一日，三毛再去找梅先生。

"梅先生，这笔生意原来就是你的，我们再来合作吧！""浪子回头，好，知道你一个做不来的。我们去吃晚饭再谈。"

这顿饭吃得全没味道，胃隐隐作痛。三毛原是介绍生意，现在涎着脸

扮吃回头草的好马状，丢脸透了。

"梅先生，口头讲是不能算数的，何况你现在喝了酒。我要日本开出LAC出货就开支票给我。我告诉你台北该得的利润，我们私底下再去律师那里公证一下这张支票和另签一张合约书，支票日期填出货第二日的，再怎么信不过你，我也没法想了，同意吗？"

"好，一言为定。"

吃完饭账单送上来了，我们两人对看一眼，都不肯去碰它。"梅，你是男士，不要忘了风度。"他瞪了我一眼，慢吞吞地掏口袋付账。

出了餐馆我说："好，再谈吧！我回去了。"梅先生不肯。他说："谈得很好，我们去庆祝。"

"不庆祝，台北没卖，日本也没说妥，厂方资料不全，根本只是开始，你庆祝什么？"

# 真想打他一个耳光

他将车一开开到夜总会去。好吧，舍命陪君子，只此一次。梅先生在夜总会里并不跳舞，他一杯又一杯地喝着酒。"梅，你喝酒为什么来这里喝？这里多贵你不是不知道。""好，不喝了，我们来跳舞。"

我看他已站不稳了，将他袖子一拉，他就跌在沙发上不动了，开始打起盹儿来。我推推他，再也推不醒了。"梅，醒醒，我要回去了。"他张开一只眼睛看了我一秒钟，又睡了。我叫来茶房，站起来整整长裙。

"我先走了，这位先生醒的时候会付账，如果打烊了他还不醒，你们随便处理他好了。"茶房满脸窘态，急得不知怎么办才好。

"小姐，对不起，请你付账，你看，我不能跟经理交代，对不起！"

三毛虽是穷人，面子可要得很。"好吧！不要紧，账单拿给我。"一看账单，一张千元大钞不够，再付一张，找下来的钱只够给小费。回头看了一眼梅先生，装醉装得像真的一样，恨不得打他一个耳光！

出了夜总会，一面散步一面找计程车，心里想，没关系，没关系，生意做成就赚了。再一想，咦，不对吧，台北赚，工厂赚，现在佣金给梅先生公司赚，三毛呢？没有人告诉我三毛赚什么，咦，不对劲儿啊。

这批生意拖了很久，日方感兴趣赶在春天之前卖，要看货，此地西班牙人睡睡午觉，喝喝咖啡，慢吞吞，没有赚钱的精神，找梅公司去催，仍然没有什么下文。三毛头发急白了快十分之一，被迫染了两次。台北一天一封信，我是看信就头痛，这种不负责任的事也会出在三毛身上，实在是惭愧极了。平日教书、念书、看电影、洗衣、做饭之外少得可怜的时间就是搞这批货。样品做好了，扣子十天不钉上，气极真想不做了。

## 满天都是皮货

"陈小姐，千万不要生气，明天你去梅先生公司，什么都弄好了，这一次包装重量都可以弄好了，明天一定。"工厂的秘书小姐说。

明天去公司，一看律师、会计师、梅的合伙人全在，我倒是吓了一跳。悄悄地问秘书小姐："干吗啊？都来齐了。"秘书小姐回答我："他们拆伙了，是上次那批生意做坏的，他们怪来怪去，梅退股今天签字。"

我一听简直晴天霹雳。"我的货呢？"这时梅先生出来了，他将公事包一提，大衣一穿，跟我握握手："我们的生意，你跟艾先生再谈，我从现在起不再是本公司负责人了。"我进艾先生办公室，握握手，又开始了。

"艾先生，这笔生意认公司不认人，我们照过去谈妥的办。"

"当然，当然，您肯帮忙，多谢多谢！"

以后快十天找不到艾先生，人呢？去南美跑生意了，谁负责公司？没有人，对不起！真是怪事到处有，不及此地多。每天睡觉之前，看看未复的台北来信，叹口气，将信推得远一点儿，服粒安眠药睡觉。梦中漫天的皮货在飞，而我正坐在一件美丽的鹿皮披风上，向日本慢慢地驶去。

## 明天才看得懂中文

又过了十天左右，每天早晨、中午、下午总在打电话找工厂，找艾先

生，资料总是东缺西缺。世上有三毛这样的笨人吗？世上有西班牙人那么偷懒的人吗？两者都不多见。

有这么一日，艾先生的秘书小姐打电话来给三毛，这种事从来没有发生过。

"卡门，是你啊，请等一下。"

我赶快跑到窗口去张望一下，那天太阳果然是西边出来的。

"好了，看过太阳了。什么事？卡门，你样品寄了没有？那张东西要再打一次。"

"没有，明天一定寄出。陈小姐，我们这里有封中文信，看不懂，请你帮忙来念一下好吗？"

"可以啦！今天脑筋不灵，明天才看得懂中文，明天一定，再见！再见！"

过了五分钟艾先生又打电话来了："陈小姐，请你千万帮忙，我们不懂中文。"

我听了他的电话心中倒是感触万分，平日去催事情，他总是三拖四拖，给他生意做还看他那个脸色。他太太有一日看见我手上的台湾玉手镯，把玩了半天，三毛做人一向海派，脱下来往她手腕上一套，送了。一批皮货被拖得那么久没对我说一句好话，今天居然也懂得求人了。

"这样吧！我正在忙着煮饭，你送来怎么样？""我也走不开，还是你来吧！"

"不来，为了皮货，车费都跑掉银行的一半存款了。""陈小姐，我们平日难道不是朋友吗？"

"不太清楚，你比我更明白这个问题。"

"好吧，告诉你，是跟皮货有关的信。"

三毛电话一丢，抓起大衣就跑，一想厨房里还在煮饭，又跑回去关火。

跑进艾先生的办公室一面打招呼一面抓起桌上的信就看。

# 黄鹤楼上看翻船

"你念出来啊！"他催我。

"好，我念——敬启者——"

"念西班牙文啊，唉，真要命！"我从来没有看艾先生那么着急过。

"敬启者：本公司透过西班牙经济文化中心介绍，向西班牙××公司采购商品之事……"三毛一面大声口译西班牙文，一面暗叫有趣，念到个中曲曲折折的经过，三毛偷看了艾先生的窘态一眼，接着插了一句："哈，原来你们欠对方这些钱，全不是你们告诉我的那么回事嘛！跟你们做生意也真辛苦，自己货不交，又要对方的钱。"

我的心情简直是"黄鹤楼上看翻船"，幸灾乐祸，艾先生不理，做个手势叫我译下去。"——有关皮货部分，本公司已初步同意，如贵公司归还过去向本公司所支取的××元美金的款项，本公司愿再开信用证……"

三毛译到此声音越来越小，而艾先生兴奋得站起来，一拍桌子，大叫："真的？真的？没有译错吗？他们还肯跟我们做生意吗？太好了，太好了！"

我有气无力地瘫在椅子上："但愿是译错了。"他完全忘记我了，大声叫秘书："卡门，卡门，赶快打电话告诉工厂——"

好吧！大江东去浪淘尽……手中抓着的信被我在掌中捏得稀烂。从另外一间传过来卡门打电话的声音。"是，是，真是好消息，我们也很高兴。陈小姐要的货？没关系，马上再做一批给她，不会，她不会生气，中文信就是她给译的……"

精神虐待，我还会再"从"头来过吗？

# 一刀一刀刺死他

我慢慢地站起来，将捏成一团的信塞在艾先生的西装口袋里，再用手轻轻地替他拍拍平："你，好好保管这张宝贝——"我用平平常常的语气对他讲这几句话，眼睛却飞出小刀子，一刀一刀刺死他。

"陈小姐，你总得同情我，对方不要了，你自己说要，我当然想早些脱手，现在他们又要了，我们欠人的钱，总得跟他们做，唉，你看，你生气了——"

"我不在乎你跟谁做，照这封中文来信的内容看来，你们自己人将生意搞得一塌糊涂，现在对方肯跟你再合作，是东方人的气量大，实在太抬举你了。"

"陈小姐，你马上再订货，价钱好商量，二十天给你，二十四小时空运大阪，好吧？"

我拿起大衣、皮包，向他摇摇手："艾先生，狼来了的游戏不好玩。"

他呆掉了，气气地看着我。我慢慢地走出去，经过打字机，我在纸上敲了一个M。（西班牙人懂我这M是指什么，我从来不讲粗话，但我会写。）

# 雄心又起

经过这次生意之后，三毛心灰意懒。"人生在世不称意，明朝散发弄扁舟。"又过起半嬉皮的日子了。上课，教书，看看电影，借邻居的狗散步，跟朋友去学生区唱歌喝葡萄酒，再不然一本惠特曼的西班牙文译本《草叶集》，在床上看到深夜。没有生意没有烦恼，但心中不知怎的有些怅然。生活里缺了些什么？

前一阵邮局送来包裹通知单，领回来一看，是读者寄来的精美手工艺，要这个三毛服务站试试运气。我把玩着美丽的样品，做生意的雄心万丈又复活了，打电话给另外一个朋友。

"马丁先生，我是三毛，您好，谢谢，我也很好。想见见你，是，有样品请您看看，一起吃中饭吗，好，我现在就去您办公室——"

我一面插熨斗，一面去衣柜里找衣服，心情又开朗起来。出门时抱着样品的盒子，自言自语——"来吧！小东西，我们再去试试运气。啊！天凉好个秋啊——"

# 往　事

### 沈从文

这事说来又是十多年了。

算来我是六岁。因为第二次我见到长子四叔时，他那条有趣的辫子就不见了。

那是夏天秋天之间。我仿佛还没有上过学。妈因怕我到外面同瑞龙他们玩儿时又打架，或是乱吃东西，每天都要靠到她身边坐着，除了吃晚饭后洗完澡同大哥各人拿五个小钱到道门口去买士元的凉粉外，剩下便都不准出去了！至于为甚又能吃凉粉？那大概是妈知道士元凉粉是玫瑰糖，不至吃后生病吧。本来那时的时疫也真凶，听瑞龙妈说，杨老六一家四口人，从十五得病，不到三天便都死了！

我们是在堂屋背后那小天井内席子上坐着的。妈为我从一个小黑洋铁箱子内取出一束一束方块儿字来念，她便膝头上搁着一个麻篮绩麻。弄子里跑来的风又凉又软，很易引人瞌睡，当我倒在席子上时，妈总每每停了她的工作，为我拿蒲扇来赶那些专爱停留在人脸上的饭蚊子。间或有个时候妈也会睡觉，必到大哥从学校夹着书包回来嚷肚子饿时才醒，那么，夜饭必定便又要晚一点儿了！

爹好像到乡下江家坪老屋去了好久了，有天忽然要四叔来接我们。接的意思四叔也不大清楚，大概也就是闻到城里时疫的事情吧。妈也不说什么，她知道大姐二姐都在乡里，我自然有她们料理，只嘱咐了四叔不准大哥到乡下溪里去洗澡。

因大哥前几天回来略晚，妈摸他小辫子还湿漉漉的，知他必是同几个同学到大河里洗过澡了，还重重地打了他一顿呢。四叔是一个长子，人又

不大肥，但很精壮。妈常说这是会走路的人。铜仁到我凤凰是一百二十里路，他能扛六十斤担子一早动身，不麻黑就到了，这怎么不算狠！他到了家时，便忙自去厨房烧水洗脚。那夜我们吃的夜饭菜是南瓜炒牛肉。

妈捡菜劝他时，他又选出无辣子的牛肉放到我碗里。真是好四叔呵！

那时人真小，我同大哥还是各人坐在一只箩筐里为四叔担去的！大哥虽大我五六岁，但在四叔肩上似乎并不什么不匀称。乡下隔城有四十多里，妈怕太阳把我们晒出病来，所以我们天刚一发白就动身，到行有一半的唐峒山时，太阳还才红红的。到了山顶，四叔把我们抱出来各人放了一泡尿，我们便都坐在一株大刺栳树下歇憩。那树的权桠上搁了无数小石头，树左边又有一个石头堆成的小屋子。四叔为我们解说，小屋子是山神土地，为赶山打野猪人设的。树上石头是寄倦的，凡是走长路的人，只要放一个石头到树上，便不倦了。但大哥问他为甚不也放一个石子时，他却不作声。

他那条辫子细而长正同他身子一样。本来是挽放头上后再加上草帽的，不知是那辫子长了呢还是他太随意，总是动不动又掉下来，当我是在他背后那头时，辫子梢梢便时时在我头上晃。

"芸儿，莫闹！扯着我不好走！"

我伸出手扯着他辫子只是拽，他总是和和气气这样说。

"四满，到了？"大哥很着急地这么问。

"快了，快了，快了！芸弟都不急，你怎么这样慌？你看我跑！"他略略把脚步放快一点儿，大哥便又嚷摇地头痛了。

他一路笑大哥不济。

到时，爹正同姨婆五叔四婶他们在院中土坪上各坐在一条小凳上说话。姨婆有两年不见我了，抱了我亲了又亲。爹又问我们饿了不曾，其实我们到路上吃甜酒、米豆腐已吃胀了。上灯时，方见大姐二姐大姑满姑各人手上提了一捆地萝卜进来。

我夜里便同大姐等到姨婆房里睡。

乡里有趣多了！既不很热，夜里蚊子也很少。大姐到久一点儿，似乎各样事情都熟悉，第二天一早便引我去羊栏边看睡着比猫还小的白羊，牛栏里正歪起颈项在吃奶的牛儿。

我们又到竹园中去看竹子。那时觉得竹子实在是一种很奇怪的东西。本来城里的竹子，通常大到屠桌边卖肉做钱筒的已算出奇！但后园里那些南竹，大姐教我去试抱一下时，两手竟不能相掺。满姑又为我们偷偷地到园坎上摘了十多个桃子，接着我们便跑到大门外溪沟边上拾得一衣兜花蚌壳。

事事都感到新奇：譬如五叔喂的那十多只白鸭子，它们会一翅从塘坎上飞过溪沟。夜里四叔他们到溪里去照鱼时，却不用什么网，单拿个火把，拿把镰刀。姨婆喂有七八只野鸡，能飞上屋，也能上树，却不飞去，并且，只要你拿一捧苞谷米在手，口中略略一逗，它们便争先恐后地到你身边来了。什么事情都有味。我们白天便跑到附近村子里去玩儿，晚上总是同坐在院中听姨婆学打野猪打獾子的故事。姨婆真好，我们上床时，她还每每为从大油坛里取出炒米、栗子同脆酥酥的豆子给我们吃！

后园坎上那桃子已透熟了，满姑一天总为我们去偷几次。

爹又不大出来，四叔五叔又从不说话，间或碰到姨婆见了时，也不过笑笑地说："小娥，你又忘记嚷肚子痛了！真不听讲——芸儿，莫听你满姑的话，吃多了要坏肚子！拿把我，不然晚上又吃不得鸡大腿了！"

乡里去有场集的地方似乎并不很近，而小小村中除每五天逢一六赶场外通常都无肉卖。

因此，我们几乎天天吃鸡，唯我一人年小，鸡的大腿便时时归我。

我们最爱看又怕看的，是溪南头那坝上小碾坊的磨石同自动的水车，碾坊是五叔在料理。

那圆圆的磨石，固定在一株木桩上只是转。五叔像个卖灰的人，满身是糠皮，只是在旋转不息的磨石间拿扫把扫那跑出碾槽外的谷米。他似乎并不着一点儿忙，磨石走到他跟前时一跳又让过磨石了，我们为他着急又佩服他胆子大。水车也有味，是一些七长八短的竹篙子扎成的。它的用处就是在灌水到比溪身还高的田面。

大的有些比屋子还大，小的也还有一床晒簟大小它们接接连连竖立在大路近旁，为溪沟里急水冲着快快地转动，有些还咿哩咿哩发出怪难听的

喊声，由车旁竹筒中运水倒到悬空的枧上去。它的怕人就是筒子里水间或溢出枧外时，那水便砰地倒到路上了，你稍不措意，衣服便打得透湿。我们远远地立着看行路人抱着头冲过去时那样子好笑。满姑虽只大我四岁，但看惯了，她却敢在下面走来走去。大姐同大姑，则知道那个车子溢出后便是那一个接脚，不消说是不怕水淋了！

只我同大哥二姐，却无论如何不敢去尝试。

# 温泉通信

### ［日］川端康成

疑是白羽虫漫天飞舞，却原来是绵绵春雨。

"要是个大好天气，就可以去摘蕨菜啦！"女佣说。

这是四月八日的事。

旱樱、木兰，还有各种奇花异卉吐芳争艳。雨蛙也在鸣唱。该是香鱼游访狩野川的季节了吧。去年我问过女佣那餐案上的炸鱼是什么鱼，女佣当场将厨师的信拿了出来。

"给您送来的是香鱼。是秘密。"

这是有人在解除禁令之前偷偷捕来的。那时节，牡丹花早已绽开，今年也许为时尚早吧。

山茶花遍野怒放，呈现一派即将凋谢零落的情景。然而它却是一种非常顽强的花儿。今年正月伊始，我和在本所①帝大福利团体工作的学生去净帘瀑布，途中曾向溪流对岸的花丛频频地投掷石子，想把花朵打落下来。花儿距我们太远，拼命使劲儿，好不容易才能投掷到那边。然而，四月初再重游此地，只见花朵依然绽开。我和武野藤介两人又投掷了石子。正月里没有凋谢的花儿，四月间却纷纷扬扬地飘落下来，顺着溪水流逝。

也许是山的关系，经常降雨。天空忽雨忽晴，变化无常。凌晨二时光景，打开浴室的窗扉，本以为在下雨，谁知外面却是洒满了月光。白色的雾霭腼腆地在溪流上空飘浮，我心想："已是初夏时分啦！"突然又意识到现时是四月初呢。空气清新、枝繁叶茂的山中之夜，再度沐浴在雨和月光中，更令人心旷神怡。

我常常感到雨后月夜格外的美。地藏菩萨节日，点点星火，恍如把灯

笼遗忘在田野里一般。我与旅馆的女佣同行，遇上了下雨。归途，月亮出来了，雾霭依然低垂在山谷上。去冬的一天，我和中河与一②一家乘马车去吉奈温泉，也是个雨天，后来转晴，也看到月亮和雾霭。

"月亮也在移动呀！"

记得一个夏夜，有人在这家旅馆后面河滩的亭榭里对我说了这么一句。近旁，东京的孩子们挥舞着小焰火，比赛谁划的火圈大。

"说月亮在移动有点特别哩。可每晚坐在同一个地方赏月，就会知道月亮移动的轨迹有所不同。"我抬起手说，"昨晚从这树梢上，前晚从……"

可是，在汤岛看不见一轮大满月。看不见称得上是朝暾初上和夕晖晚照的景象。因为它的东边西边都是重峦叠嶂。早晨，首先是西边的群山披上了阳光的明亮色彩。朝霞的边际从山腰扩展开去，太阳升高了。黄昏时分，东边的山峦披上了晚霞。汤岛的重山，光彩虽然淡薄了，天城山岭却仍然是一片霞红。

要是观赏旭日和夕阳的霞彩，走到街上，仰望远方天边的富士山，则美不胜收。富士山梁上朝日的光辉，也染上斜阳的色彩。

> 星空也狭窄了。
> 哟——伊沙沙，
> 哟——伊沙。
> 孩子们无忧无虑，
> 喧闹嬉戏。
> 屋后的竹林，
> 随风俯仰摇曳。

这是一首乡村小学的女孩儿歌。

竹林用寂寞、体贴、纤细的感情眷恋着阳光，再没有什么东西能比得上它了。这里虽不像京都郊外是千里竹林的景象，但这边的河岸、那边的山腰，稀稀落落地婷立着贫瘠的竹林，其神态另有一番清心悦目的情趣。

我经常躺在枯草上凝望着竹林。

观赏竹林，不能从向阳处，而必须从背阳处。还有比竹叶上闪烁着的阳光更美的阳光吗？竹叶和阳光彼此恋慕所闪出的光的戏谑，吸引了我，使我坠入无我的境地。纵令不闪光，阳光透过竹叶所呈现的浅黄透明的亮色，难道不正是令人寂寞、招人喜欢的色彩吗？

我自己的心情，完全变成这竹林的心情了。一个月也没同人说上几句像样的话，心情就像空气一般澄清，完全忘却了敞开或关闭自己的感情和感觉的门扉。

然而，孤单的寂寞不时地向我袭来。我合上眼睛，咬着棉袍的袖子，就嗅到一股温泉的气味。我很喜欢温泉的气味。现在我对这块土地已经非常熟稔，不觉得怎么样了。可是从前我舍弃交通工具走下坡路，快到旅馆就感到有一股温泉的气味，泪珠便扑扑簌簌地滚落下来。我换上旅馆的衣服之后，用鼻子嗅了嗅袖子，深深吸了一口它的气味。不仅在这里如此，我在各处温泉镇都嗅到了各种不同的温泉气味。

"我一直登到那座山的顶峰哪。"

我站在下田街道上，朋友们一来，我就一定指着那钵洼山这样说。那座山屹立在从下田街道快走到天城地方，再爬约莫三千二百多米的山坡才能达到山之巅。因此，从这个村庄眺望，山显得非常的高，它好像一个倒扣的钵，漫山遍野都是草。花了四十分钟，才爬到接近顶峰的地方。从山麓看上去，枯草显得很可爱，可登上去一看，却是一丛丛没胸高的芒草。突然间，五六个割草的汉子从草丛中爬了出来，惊异地望着我，连我自己也觉得自己爬山是一件不可思议的事。我旋即下了山。这是沉寂的去冬岁暮的事。

前些时候，我和武野藤介也登上了后边那座枯草山。看似慢坡的斜面，才爬上去就发现非常陡峭。望望几乎要滑落的脚，然后把视线移向山谷对面的山腰，不禁感到那边松林的树梢像是一股极其可怕的力量，向我逼将过来。上山倒很顺当，可一下山，胆小的藤介就站住迈不开脚步了。

我恍如这时候的杉林一样，面对着重山、天空和溪流，我的直观时不时地猛然打开了我的心扉。我吃惊，伫立在那里，只觉得自己已经溶化在

大自然之中。枝头茶上低垂的花儿，我感到深邃的静谧，看得入迷。我发现白花太劳顿了，仿佛有一种病态。

从这一带漫步走去，渺无人影，也看不到一户人家。岂止如此，有时连旅馆也只有我一人投宿。深夜二楼空无一人，猫儿在西洋式的房间里不停地叫。我站起来，走过去把房门打开。猫儿就跟在我的后头，闯进我的房间里来。它坐在我的膝上，一动不动。于是，猫儿的体臭扑鼻而来，钻进了我的脑门。我好像感到这是第一次体味到猫儿的臭气。

"难道所谓孤独就像猫儿的体臭吗？"

猫儿蓦地从我膝上站起来，神经质地把壁龛的柱子都挠破了。

一个村庄是否只能有一只猫和一只狗呢？要是这样，这只猫和狗就见不着别的猫和狗而死去了。

一条新路建成了。这条路在汤岛的嵯峨泽桥附近。从下田街道拐向世古瀑布那边，一直延伸到伊豆西海岸的松崎港，狭窄的松崎街变得宽阔了。路，一直修到世古的对面。

四月六日，庆祝新路落成。一群参观安来节③的旅游者在别墅庭院里唱起歌来。

庆祝日之前，春雨绵绵，今天却晴空万里。四月十三日那天，树干、树叶、屋顶、花儿、溪流，一处处的风物都承受着阳光的沐浴，灿烂夺目，艳美极了。

[注释]
①东京都墨田区的一个地名。
②中河与一（1897年2月28日—1994年12月12日），日本小说家，曾与川端康成一起参加过新感觉派文学运动。
③安来节：亦称安乐节或夜须礼，每年四月十日举行的祭瘟神的镇花祭。